Chroniques II

La Bible

Chroniques II.1

1. Salomon, fils de David, s'affermit dans son règne ; l'Éternel, son Dieu, fut avec lui, et l'éleva à un haut degré.

2. Salomon donna des ordres à tout Israël, aux chefs de milliers et de centaines, aux juges, aux princes de tout Israël, aux chefs des maisons paternelles ;

3. et Salomon se rendit avec toute l'assemblée au haut lieu qui était à Gabaon. Là se trouvait la tente d'assignation de Dieu, faite dans le désert par Moïse, serviteur de l'Éternel ;

4. mais l'arche de Dieu avait été transportée par David de Kirjath Jearim à la place qu'il lui avait préparée, car il avait dressé pour elle une tente à Jérusalem.

5. Là se trouvait aussi, devant le tabernacle de l'Éternel, l'autel d'airain qu'avait fait Betsaleel, fils d'Uri, fils de Hur. Salomon et l'assemblée cherchèrent l'Éternel.

6. Et ce fut là, sur l'autel d'airain qui était devant la tente d'assignation, que Salomon offrit à l'Éternel mille holocaustes.

7. Pendant la nuit, Dieu apparut à Salomon et lui dit : Demande ce que tu veux que je te donne.

8. Salomon répondit à Dieu : Tu as traité David, mon père, avec une grande bienveillance, et tu m'as fait régner à sa place.

9. Maintenant, Éternel Dieu, que ta promesse à David, mon père, s'accomplisse, puisque tu m'as fait régner sur un peuple nombreux comme la poussière de la terre !

10. Accorde-moi donc de la sagesse et de l'intelligence, afin que je sache me conduire à la tête de ce peuple ! Car qui pourrait juger ton peuple, ce peuple si grand ?

11. Dieu dit à Salomon : Puisque c'est là ce qui est dans ton coeur, puisque tu ne demandes ni des richesses, ni des biens, ni de la gloire, ni la mort de tes ennemis, ni même une longue vie, et que tu demandes pour toi de la sagesse et de l'intelligence afin de juger mon peuple sur lequel je t'ai fait régner,

12. la sagesse et l'intelligence te sont accordées. Je te donnerai, en outre, des richesses, des biens et de la gloire, comme n'en a jamais eu aucun roi avant toi et comme n'en aura aucun après toi.

13. Salomon revint à Jérusalem, après avoir quitté le haut lieu qui était à Gabaon et la tente d'assignation. Et il régna sur Israël.

14. Salomon rassembla des chars et de la cavalerie ; il avait quatorze cents chars et douze mille cavaliers, qu'il plaça dans les villes où il tenait ses chars et à Jérusalem près du roi.

15. Le roi rendit l'argent et l'or aussi communs à Jérusalem que les pierres, et les cèdres aussi communs que les sycomores qui croissent dans la plaine.

16. C'était de l'Égypte que Salomon tirait ses chevaux ; une caravane de marchands du roi allait les chercher par troupes à un prix fixe ;

17. on faisait monter et sortir d'Égypte un char pour six cents sicles d'argent, et un cheval pour cent cinquante sicles. Ils en amenaient de même avec eux pour tous les rois des Héthiens et pour les rois de Syrie.

Chroniques II.2

1. Salomon ordonna que l'on bâtît une maison au nom de l'Éternel et une maison royale pour lui.

2. Salomon compta soixante-dix mille hommes pour porter les fardeaux, quatre-vingt mille pour tailler les pierres dans la montagne, et trois mille six cents pour les surveiller.

3. Salomon envoya dire à Huram, roi de Tyr : Fais pour moi comme tu as fait pour David, mon père, à qui tu as envoyé des cèdres afin qu'il se bâtît une maison d'habitation.

4. Voici, j'élève une maison au nom de l'Éternel, mon Dieu, pour la lui consacrer, pour brûler devant lui le parfum odoriférant, pour présenter continuellement les pains de proposition, et pour offrir les holocaustes du matin et du soir, des sabbats, des nouvelles lunes, et des fêtes de l'Éternel, notre Dieu, suivant une loi perpétuelle pour Israël.

5. La maison que je vais bâtir doit être grande, car notre Dieu est plus grand que tous les dieux.

6. Mais qui a le pouvoir de lui bâtir une maison, puisque les cieux et les cieux des cieux ne peuvent le contenir ? Et qui suis-je pour lui bâtir une maison, si ce n'est pour faire brûler des parfums devant lui ?

7. Envoie-moi donc un homme habile pour les ouvrages en or, en argent, en airain et en fer, en étoffes teintes en pourpre, en cramoisi et en bleu, et connaissant la sculpture, afin qu'il travaille avec les hommes habiles qui sont auprès de moi en Juda et à Jérusalem et que David, mon père, a choisis.

8. Envoie-moi aussi du Liban des bois de cèdre, de cyprès et de santal ; car je sais que tes serviteurs s'entendent à couper les bois du

Liban. Voici, mes serviteurs seront avec les tiens.

9. Que l'on me prépare du bois en abondance, car la maison que je vais bâtir sera grande et magnifique.
10. Je donnerai à tes serviteurs qui couperont, qui abattront les bois, vingt mille cors de froment foulé, vingt mille cors d'orge, vingt mille baths de vin, et vingt mille baths d'huile.
11. Huram, roi de Tyr, répondit dans une lettre qu'il envoya à Salomon : C'est parce que l'Éternel aime son peuple qu'il t'a établi roi sur eux.
12. Huram dit encore : Béni soit l'Éternel, le Dieu d'Israël, qui a fait les cieux et la terre, de ce qu'il a donné au roi David un fils sage, prudent et intelligent, qui va bâtir une maison à l'Éternel et une maison royale pour lui !
13. Je t'envoie donc un homme habile et intelligent,
14. Huram Abi, fils d'une femme d'entre les filles de Dan, et d'un père Tyrien. Il est habile pour les ouvrages en or, en argent, en airain et en fer, en pierre et en bois, en étoffes teintes en pourpre et en bleu, en étoffes de byssus et de carmin, et pour toute espèce de sculptures et d'objets d'art qu'on lui donne à exécuter. Il travaillera avec tes hommes habiles et avec les hommes habiles de mon seigneur David, ton père.
15. Maintenant, que mon seigneur envoie à ses serviteurs le froment, l'orge, l'huile et le vin dont il a parlé.
16. Et nous, nous couperons des bois du Liban autant que tu en auras besoin ; nous te les expédierons par mer en radeaux jusqu'à Japho, et tu les feras monter à Jérusalem.
17. Salomon compta tous les étrangers qui étaient dans le pays d'Israël, et dont le dénombrement avait été fait par David, son père. On en trouva cent cinquante-trois mille six cents.
18. Et il en prit soixante-dix mille pour porter les fardeaux, quatre-vingt mille pour tailler les pierres dans la montagne, et trois mille six cents pour surveiller et faire travailler le peuple.

Chroniques II.3

1. Salomon commença à bâtir la maison de l'Éternel à Jérusalem, sur la montagne de Morija, qui avait été indiquée à David, son père, dans le lieu préparé par David sur l'aire d'Ornan, le Jébusien.

2. Il commença à bâtir le second jour du second mois de la quatrième année de son règne.

3. Voici sur quels fondements Salomon bâtit la maison de Dieu. La longueur en coudées de l'ancienne mesure était de soixante coudées, et la largeur de vingt coudées.

4. Le portique sur le devant avait vingt coudées de longueur, répondant à la largeur de la maison, et cent vingt de hauteur ; Salomon le couvrit intérieurement d'or pur.

5. Il revêtit de bois de cyprès la grande maison, la couvrit d'or pur, et y fit sculpter des palmes et des chaînettes.

6. Il couvrit la maison de pierres précieuses comme ornement ; et l'or était de l'or de Parvaïm.

7. Il couvrit d'or la maison, les poutres, les seuils, les parois et les battants des portes, et il fit sculpter des chérubins sur les parois.

8. Il fit la maison du lieu très saint ; elle avait vingt coudées de longueur répondant à la largeur de la maison, et vingt coudées de largeur. Il la couvrit d'or pur, pour une valeur de six cents talents ;

9. et le poids de l'or pour les clous montait à cinquante sicles. Il couvrit aussi d'or les chambres hautes.

10. Il fit dans la maison du lieu très saint deux chérubins sculptés, et on les couvrit d'or.

11. Les ailes des chérubins avaient vingt coudées de longueur. L'aile

du premier, longue de cinq coudées, touchait au mur de la maison ; et l'autre aile, longue de cinq coudées, touchait à l'aile du second chérubin.

12. L'aile du second chérubin, longue de cinq coudées, touchait au mur de la maison ; et l'autre aile, longue de cinq coudées, joignait l'aile du premier chérubin.

13. Les ailes de ces chérubins, déployées, avaient vingt coudées. Ils étaient debout sur leurs pieds, la face tournée vers la maison.

14. Il fit le voile bleu, pourpre et cramoisi, et de byssus, et il y représenta des chérubins.

15. Il fit devant la maison deux colonnes de trente-cinq coudées de hauteur, avec un chapiteau de cinq coudées sur leur sommet.

16. Il fit des chaînettes comme celles qui étaient dans le sanctuaire, et les plaça sur le sommet des colonnes, et il fit cent grenades qu'il mit dans les chaînettes.

17. Il dressa les colonnes sur le devant du temple, l'une à droite et l'autre à gauche ; il nomma celle de droite Jakin, et celle de gauche Boaz.

Chroniques II.4

1. Il fit un autel d'airain, long de vingt coudées, large de vingt coudées, et haut de dix coudées.

2. Il fit la mer de fonte. Elle avait dix coudées d'un bord à l'autre, une forme entièrement ronde, cinq coudées de hauteur, et une circonférence que mesurait un cordon de trente coudées.

3. Des figures de boeufs l'entouraient au-dessous de son bord, dix par coudée, faisant tout le tour de la mer ; les boeufs, disposés sur deux rangs, étaient fondus avec elle en une seule pièce.

4. Elle était posée sur douze boeufs, dont trois tournés vers le nord, trois tournés vers l'occident, trois tournés vers le midi, et trois tournés vers l'orient ; la mer était sur eux, et toute la partie postérieure de leur corps était en dedans.

5. Son épaisseur était d'un palme ; et son bord, semblable au bord d'une coupe, était façonné en fleur de lis. Elle pouvait contenir trois mille baths.

6. Il fit dix bassins, et il en plaça cinq à droite et cinq à gauche, pour qu'ils servissent aux purifications : on y lavait les diverses parties des holocaustes. La mer était destinée aux ablutions des sacrificateurs.

7. Il fit dix chandeliers d'or, selon l'ordonnance qui les concernait, et il les plaça dans le temple, cinq à droite et cinq à gauche.

8. Il fit dix tables, et il les plaça dans le temple, cinq à droite et cinq à gauche. Il fit cent coupes d'or.

9. Il fit le parvis des sacrificateurs, et le grand parvis avec ses portes, dont il couvrit d'airain les battants.

10. Il plaça la mer du côté droit, au sud-est.

11. Huram fit les cendriers, les pelles et les coupes. Ainsi Huram acheva l'ouvrage que le roi Salomon lui fit faire pour la maison de Dieu :

12. deux colonnes, avec les deux chapiteaux et leurs bourrelets sur le sommet des colonnes ; les deux treillis, pour couvrir les deux bourrelets des chapiteaux sur le sommet des colonnes ;

13. les quatre cents grenades pour les deux treillis, deux rangées de grenades par treillis, pour couvrir les deux bourrelets des chapiteaux sur le sommet des colonnes ;

14. les dix bases, et les dix bassins sur les bases ;

15. la mer, et les douze boeufs sous elle ;

16. les cendriers, les pelles et les fourchettes. Tous ces ustensiles que le roi Salomon fit faire à Huram Abi pour la maison de l'Éternel étaient d'airain poli.

17. Le roi les fit fondre dans la plaine du Jourdain, dans un sol argileux, entre Succoth et Tseréda.

18. Salomon fit tous ces ustensiles en si grande quantité que l'on ne vérifia pas le poids de l'airain.

19. Salomon fit encore tous les autres ustensiles pour la maison de Dieu : l'autel d'or ; les tables sur lesquelles on mettait les pains de proposition ;

20. les chandeliers et leurs lampes d'or pur, qu'on devait allumer selon l'ordonnance devant le sanctuaire,

21. les fleurs, les lampes et les mouchettes d'or, d'or très pur ;

22. les couteaux, les coupes, les tasses et les brasiers d'or pur ; et les battants d'or pour la porte de l'intérieur de la maison à l'entrée du lieu très saint, et pour la porte de la maison à l'entrée du temple.

Chroniques II.5

1. Ainsi fut achevé tout l'ouvrage que Salomon fit pour la maison de l'Éternel. Puis il apporta l'argent, l'or et tous les ustensiles que David, son père, avait consacrés, et il les mit dans les trésors de la maison de Dieu.

2. Alors Salomon assembla à Jérusalem les anciens d'Israël et tous les chefs des tribus, les chefs de famille des enfants d'Israël, pour transporter de la cité de David, qui est Sion, l'arche de l'alliance de l'Éternel.

3. Tous les hommes d'Israël se réunirent auprès du roi pour la fête, qui se célébra le septième mois.

4. Lorsque tous les anciens d'Israël furent arrivés, les Lévites portèrent l'arche.

5. Ils transportèrent l'arche, la tente d'assignation, et tous les ustensiles sacrés qui étaient dans la tente : ce furent les sacrificateurs et les Lévites qui les transportèrent.

6. Le roi Salomon et toute l'assemblée d'Israël convoquée auprès de lui se tinrent devant l'arche. Ils sacrifièrent des brebis et des boeufs, qui ne purent être ni comptés, ni nombrés, à cause de leur multitude.

7. Les sacrificateurs portèrent l'arche de l'alliance de l'Éternel à sa place, dans le sanctuaire de la maison, dans le lieu très saint, sous les ailes des chérubins.

8. Les chérubins avaient les ailes étendues sur la place de l'arche, et ils couvraient l'arche et ses barres par-dessus.

9. On avait donné aux barres une longueur telle que leurs extrémités se voyaient à distance de l'arche devant le sanctuaire, mais ne se voyaient point du dehors. L'arche a été là jusqu'à ce jour.

10. Il n'y avait dans l'arche que les deux tables que Moïse y plaça en Horeb, lorsque l'Éternel fit alliance avec les enfants d'Israël, à leur sortie d'Égypte.

11. Au moment où les sacrificateurs sortirent du lieu saint, -car tous les sacrificateurs présents s'étaient sanctifiés sans observer l'ordre des classes,

12. et tous les Lévites qui étaient chantres, Asaph, Héman, Jeduthun, leurs fils et leurs frères, revêtus de byssus, se tenaient à l'orient de l'autel avec des cymbales, des luths et des harpes, et avaient auprès d'eux cent vingt sacrificateurs sonnant des trompettes,

13. et lorsque ceux qui sonnaient des trompettes et ceux qui chantaient, s'unissant d'un même accord pour célébrer et pour louer l'Éternel, firent retentir les trompettes, les cymbales et les autres instruments, et célébrèrent l'Éternel par ces paroles : Car il est bon, car sa miséricorde dure à toujours ! en ce moment, la maison, la maison de l'Éternel fut remplie d'une nuée.

14. Les sacrificateurs ne purent pas y rester pour faire le service, à cause de la nuée ; car la gloire de l'Éternel remplissait la maison de Dieu.

Chroniques II.6

1. Alors Salomon dit : L'Éternel veut habiter dans l'obscurité !

2. Et moi, j'ai bâti une maison qui sera ta demeure, un lieu où tu résideras éternellement !

3. Le roi tourna son visage, et bénit toute l'assemblée d'Israël ; et toute l'assemblée d'Israël était debout.

4. Et il dit : Béni soit l'Éternel, le Dieu d'Israël, qui a parlé de sa bouche à David, mon père, et qui accomplit par sa puissance ce qu'il avait déclaré en disant :

5. Depuis le jour où j'ai fait sortir mon peuple du pays d'Égypte, je n'ai point choisi de ville parmi toutes les tribus d'Israël pour qu'il y fût bâti une maison où résidât mon nom, et je n'ai point choisi d'homme pour qu'il fût chef de mon peuple d'Israël ;

6. mais j'ai choisi Jérusalem pour que mon nom y résidât, et j'ai choisi David pour qu'il régnât sur mon peuple d'Israël !

7. David, mon père, avait l'intention de bâtir une maison au nom de l'Éternel, le Dieu d'Israël.

8. Et l'Éternel dit à David, mon père : Puisque tu as eu l'intention de bâtir une maison à mon nom, tu as bien fait d'avoir eu cette intention.

9. Seulement, ce ne sera pas toi qui bâtiras la maison ; mais ce sera ton fils, sorti de tes entrailles, qui bâtira la maison à mon nom.

10. L'Éternel a accompli la parole qu'il avait prononcée. Je me suis élevé à la place de David, mon père, et je me suis assis sur le trône d'Israël, comme l'avait annoncé l'Éternel, et j'ai bâti la maison au nom de l'Éternel, le Dieu d'Israël.

11. J'y ai placé l'arche où est l'alliance de l'Éternel, l'alliance qu'il a

faite avec les enfants d'Israël.

12. Salomon se plaça devant l'autel de l'Éternel, en face de toute l'assemblée d'Israël, et il étendit ses mains.

13. Car Salomon avait fait une tribune d'airain, et l'avait mise au milieu du parvis ; elle était longue de cinq coudées, large de cinq coudées, et haute de trois coudées ; il s'y plaça, se mit à genoux en face de toute l'assemblée d'Israël, et étendit ses mains vers le ciel. Et il dit :

14. O Éternel, Dieu d'Israël ! Il n'y a point de Dieu semblable à toi, dans les cieux et sur la terre : tu gardes l'alliance et la miséricorde envers tes serviteurs qui marchent en ta présence de tout leur coeur !

15. Ainsi tu as tenu parole à ton serviteur David, mon père ; et ce que tu as déclaré de ta bouche, tu l'accomplis en ce jour par ta puissance.

16. Maintenant, Éternel, Dieu d'Israël, observe la promesse que tu as faite à David, mon père, en disant : Tu ne manqueras jamais devant moi d'un successeur assis sur le trône d'Israël, pourvu que tes fils prennent garde à leur voie et qu'ils marchent dans ma loi comme tu as marché en ma présence.

17. Qu'elle s'accomplisse donc, Éternel, Dieu d'Israël, la promesse que tu as faite à ton serviteur David !

18. Mais quoi ! Dieu habiterait-il véritablement avec l'homme sur la terre ? Voici, les cieux et les cieux des cieux ne peuvent te contenir : combien moins cette maison que j'ai bâtie !

19. Toutefois, Éternel mon Dieu, sois attentif à la prière de ton serviteur et à sa supplication ; écoute le cri et la prière que t'adresse ton serviteur.

20. Que tes yeux soient jour et nuit ouverts sur cette maison, sur le lieu dont tu as dit que là serait ton nom ! Écoute la prière que ton serviteur fait en ce lieu.

21. Daigne exaucer les supplications de ton serviteur et de ton peuple d'Israël, lorsqu'ils prieront en ce lieu ! Exauce du lieu de ta demeure, des cieux, exauce et pardonne !

22. Si quelqu'un pèche contre son prochain et qu'on lui impose un serment pour le faire jurer, et s'il vient jurer devant ton autel, dans cette maison,

23. écoute-le des cieux, agis, et juge tes serviteurs ; condamne le coupable, et fais retomber sa conduite sur sa tête, rends justice à l'innocent, et traite-le selon son innocence !

24. Quand ton peuple d'Israël sera battu par l'ennemi, pour avoir péché contre toi ; s'ils reviennent à toi et rendent gloire à ton nom, s'ils t'adressent des prières et des supplications dans cette maison,

25. exauce-les des cieux, pardonne le péché de ton peuple d'Israël, et ramène-les dans le pays que tu as donné à eux et à leurs pères !

26. Quand le ciel sera fermé et qu'il n'y aura point de pluie, à cause de leurs péchés contre toi ; s'ils prient dans ce lieu et rendent gloire à ton nom, et s'ils se détournent de leurs péchés, parce que tu les auras châtiés ;

27. exauce-les des cieux, pardonne le péché de tes serviteurs et de ton peuple d'Israël, à qui tu enseigneras la bonne voie dans laquelle ils doivent marcher, et fais venir la pluie sur la terre que tu as donnée pour héritage à ton peuple !

28. Quand la famine, la peste, la rouille et la nielle, les sauterelles d'une espèce ou d'une autre, seront dans le pays, quand l'ennemi assiégera ton peuple dans son pays, dans ses portes, quand il y aura des fléaux ou des maladies quelconques ;

29. si un homme, si tout ton peuple d'Israël fait entendre des prières et des supplications, et que chacun reconnaisse sa plaie et sa douleur et étende les mains vers cette maison,

30. exauce-le des cieux, du lieu de ta demeure, et pardonne ; rends à chacun selon ses voies, toi qui connais le coeur de chacun, car seul tu connais le coeur des enfants des hommes,

31. et ils te craindront pour marcher dans tes voies tout le temps qu'ils vivront dans le pays que tu as donné à nos pères !

32. Quand l'étranger, qui n'est pas de ton peuple d'Israël, viendra d'un pays lointain, à cause de ton grand nom, de ta main forte et de ton bras étendu, quand il viendra prier dans cette maison,

33. exauce-le des cieux, du lieu de ta demeure, et accorde à cet étranger tout ce qu'il te demandera, afin que tous les peuples de la terre connaissent ton nom pour te craindre, comme ton peuple d'Israël, et sachent que ton nom est invoqué sur cette maison que j'ai

bâtie !

34. Quand ton peuple sortira pour combattre ses ennemis, en suivant la voie que tu lui auras prescrite ; s'ils t'adressent des prières, les regards tournés vers cette ville que tu as choisie et vers la maison que j'ai bâtie en ton nom,
35. exauce des cieux leurs prières et leurs supplications, et fais-leur droit !
36. Quand ils pécheront contre toi, car il n'y a point d'homme qui ne pèche, quand tu seras irrité contre eux et que tu les livreras à l'ennemi, qui les emmènera captifs dans un pays lointain ou rapproché ;
37. s'ils rentrent en eux-mêmes dans le pays où ils seront captifs, s'ils reviennent à toi et t'adressent des supplications dans le pays de leur captivité, et qu'ils disent : Nous avons péché, nous avons commis des iniquités, nous avons fait le mal !
38. s'ils reviennent à toi de tout leur coeur et de toute leur âme, dans le pays de leur captivité où ils ont été emmenés captifs, s'ils t'adressent des prières, les regards tournés vers leur pays que tu as donné à leurs pères, vers la ville que tu as choisie et vers la maison que j'ai bâtie à ton nom,
39. exauce des cieux, du lieu de ta demeure, leurs prières et leurs supplications, et fais-leur droit ; pardonne à ton peuple ses péchés contre toi !
40. Maintenant, ô mon Dieu, que tes yeux soient ouverts, et que tes oreilles soient attentives à la prière faite en ce lieu !
41. Maintenant, Éternel Dieu, lève-toi, viens à ton lieu de repos, toi et l'arche de ta majesté ! Que tes sacrificateurs, Éternel Dieu, soient revêtus de salut, et que tes bien-aimés jouissent du bonheur !
42. Éternel Dieu, ne repousse pas ton oint, souviens-toi des grâces accordées à David, ton serviteur !

Chroniques II.7

1. Lorsque Salomon eut achevé de prier, le feu descendit du ciel et consuma l'holocauste et les sacrifices, et la gloire de l'Éternel remplit la maison.

2. Les sacrificateurs ne pouvaient entrer dans la maison de l'Éternel, car la gloire de l'Éternel remplissait la maison de l'Éternel.

3. Tous les enfants d'Israël virent descendre le feu et la gloire de l'Éternel sur la maison ; ils s'inclinèrent le visage contre terre sur le pavé, se prosternèrent et louèrent l'Éternel, en disant : Car il est bon, car sa miséricorde dure à toujours !

4. Le roi et tout le peuple offrirent des sacrifices devant l'Éternel.

5. Le roi Salomon immola vingt-deux mille boeufs et cent vingt mille brebis. Ainsi le roi et tout le peuple firent la dédicace de la maison de Dieu.

6. Les sacrificateurs se tenaient à leur poste, et les Lévites aussi avec les instruments faits en l'honneur de l'Éternel par le roi David pour le chant des louanges de l'Éternel, lorsque David les chargea de célébrer l'Éternel en disant : Car sa miséricorde dure à toujours ! Les sacrificateurs sonnaient des trompettes vis-à-vis d'eux. Et tout Israël était là.

7. Salomon consacra le milieu du parvis, qui est devant la maison de l'Éternel ; car il offrit là les holocaustes et les graisses des sacrifices d'actions de grâces, parce que l'autel d'airain qu'avait fait Salomon ne pouvait contenir les holocaustes, les offrandes et les graisses.

8. Salomon célébra la fête en ce temps-là pendant sept jours, et tout Israël avec lui ; une grande multitude était venue depuis les environs

de Hamath jusqu'au torrent d'Égypte.

9. Le huitième jour, ils eurent une assemblée solennelle ; car ils firent la dédicace de l'autel pendant sept jours, et la fête pendant sept jours.

10. Le vingt-troisième jour du septième mois, Salomon renvoya dans ses tentes le peuple joyeux et content pour le bien que l'Éternel avait fait à David, à Salomon, et à Israël, son peuple.

11. Lorsque Salomon eut achevé la maison de l'Éternel et la maison du roi, et qu'il eut réussi dans tout ce qu'il s'était proposé de faire dans la maison de l'Éternel et dans la maison du roi,

12. l'Éternel apparut à Salomon pendant la nuit, et lui dit : J'exauce ta prière, et je choisis ce lieu comme la maison où l'on devra m'offrir des sacrifices.

13. Quand je fermerai le ciel et qu'il n'y aura point de pluie, quand j'ordonnerai aux sauterelles de consumer le pays, quand j'enverrai la peste parmi mon peuple ;

14. si mon peuple sur qui est invoqué mon nom s'humilie, prie, et cherche ma face, et s'il se détourne de ses mauvaises voies, -je l'exaucerai des cieux, je lui pardonnerai son péché, et je guérirai son pays.

15. Mes yeux seront ouverts désormais, et mes oreilles seront attentives à la prière faite en ce lieu.

16. Maintenant, je choisis et je sanctifie cette maison pour que mon nom y réside à jamais, et j'aurai toujours là mes yeux et mon coeur.

17. Et toi, si tu marches en ma présence comme a marché David, ton père, faisant tout ce que je t'ai commandé, et si tu observes mes lois et mes ordonnances,

18. j'affermirai le trône de ton royaume, comme je l'ai promis à David, ton père, en disant : Tu ne manqueras jamais d'un successeur qui règne en Israël.

19. Mais si vous vous détournez, si vous abandonnez mes lois et mes commandements que je vous ai prescrits, et si vous allez servir d'autres dieux et vous prosterner devant eux,

20. je vous arracherai de mon pays que je vous ai donné, je rejetterai loin de moi cette maison que j'ai consacrée à mon nom, et j'en ferai un sujet de sarcasme et de raillerie parmi tous les peuples.

21. Et si haut placée qu'ait été cette maison, quiconque passera près d'elle sera dans l'étonnement, et dira : Pourquoi l'Éternel a-t-il ainsi traité ce pays et cette maison ?

22. Et l'on répondra : Parce qu'ils ont abandonné l'Éternel, le Dieu de leurs pères, qui les a fait sortir du pays d'Égypte, parce qu'ils se sont attachés à d'autres dieux, se sont prosternés devant eux et les ont servis ; voilà pourquoi il a fait venir sur eux tous ces maux.

Chroniques II.8

1. Au bout de vingt ans, pendant lesquels Salomon bâtit la maison de l'Éternel et sa propre maison,

2. il reconstruisit les villes que lui donna Huram et y établit des enfants d'Israël.

3. Salomon marcha contre Hamath, vers Tsoba, et s'en empara.

4. Il bâtit Thadmor au désert, et toutes les villes servant de magasins en Hamath.

5. Il bâtit Beth Horon la haute et Beth Horon la basse, villes fortes, ayant des murs, des portes et des barres ;

6. Baalath, et toutes les villes servant de magasins et lui appartenant, toutes les villes pour les chars, les villes pour la cavalerie, et tout ce qu'il plut à Salomon de bâtir à Jérusalem, au Liban, et dans tout le pays dont il était le souverain.

7. Tout le peuple qui était resté des Héthiens, des Amoréens, des Phéréziens, des Héviens et des Jébusiens, ne faisant point partie d'Israël,

8. leurs descendants qui étaient restés après eux dans le pays et que les enfants d'Israël n'avaient pas détruits, Salomon les leva comme gens de corvée, ce qu'ils ont été jusqu'à ce jour.

9. Salomon n'employa comme esclave pour ses travaux aucun des enfants d'Israël ; car ils étaient des hommes de guerre, ses chefs, ses officiers, les commandants de ses chars et de sa cavalerie.

10. Les chefs placés par le roi Salomon à la tête du peuple, et chargés de le surveiller, étaient au nombre de deux cent cinquante.

11. Salomon fit monter la fille de Pharaon de la cité de David dans la

maison qu'il lui avait bâtie ; car il dit : Ma femme n'habitera pas dans la maison de David, roi d'Israël, parce que les lieux où est entrée l'arche de l'Éternel sont saints.

12. Alors Salomon offrit des holocaustes à l'Éternel sur l'autel de l'Éternel, qu'il avait construit devant le portique.

13. Il offrait ce qui était prescrit par Moïse pour chaque jour, pour les sabbats, pour les nouvelles lunes, et pour les fêtes, trois fois l'année, à la fête des pains sans levain, à la fête des semaines, et à la fête des tabernacles.

14. Il établit dans leurs fonctions, telles que les avait réglées David, son père, les classes des sacrificateurs selon leur office, les Lévites selon leur charge, consistant à célébrer l'Éternel et à faire jour par jour le service en présence des sacrificateurs, et les portiers distribués à chaque porte d'après leurs classes ; car ainsi l'avait ordonné David, homme de Dieu.

15. On ne s'écarta point de l'ordre du roi pour les sacrificateurs et les Lévites, ni pour aucune chose, ni pour ce qui concernait les trésors.

16. Ainsi fut dirigée toute l'oeuvre de Salomon, jusqu'au jour où la maison de l'Éternel fut fondée et jusqu'à celui où elle fut terminée. La maison de l'Éternel fut donc achevée.

17. Salomon partit alors pour Etsjon Guéber et pour Éloth, sur les bords de la mer, dans le pays d'Édom.

18. Et Huram lui envoya par ses serviteurs des navires et des serviteurs connaissant la mer. Ils allèrent avec les serviteurs de Salomon à Ophir, et ils y prirent quatre cent cinquante talents d'or, qu'ils apportèrent au roi Salomon.

Chroniques II.9

1. La reine de Séba apprit la renommée de Salomon, et elle vint à Jérusalem pour l'éprouver par des énigmes. Elle avait une suite fort nombreuse, et des chameaux portant des aromates, de l'or en grande quantité et des pierres précieuses. Elle se rendit auprès de Salomon, et elle lui dit tout ce qu'elle avait dans le coeur.
2. Salomon répondit à toutes ses questions, et il n'y eut rien que Salomon ne sût lui expliquer.
3. La reine de Séba vit la sagesse de Salomon, et la maison qu'il avait bâtie,
4. et les mets de sa table, et la demeure de ses serviteurs, et les fonctions et les vêtements de ceux qui le servaient, et ses échansons et leurs vêtements, et les degrés par lesquelles on montait à la maison de l'Éternel.
5. Hors d'elle-même, elle dit au roi : C'était donc vrai ce que j'ai appris dans mon pays au sujet de ta position et de ta sagesse !
6. Je ne croyais pas ce qu'on en disait, avant d'être venue et d'avoir vu de mes yeux. Et voici, on ne m'a pas raconté la moitié de la grandeur de ta sagesse. Tu surpasses ce que la renommée m'a fait connaître.
7. Heureux tes gens, heureux tes serviteurs, qui sont continuellement devant toi et qui entendent ta sagesse !
8. Béni soit l'Éternel, ton Dieu, qui t'a accordé la faveur de te placer sur son trône comme roi pour l'Éternel, ton Dieu ! C'est parce que ton Dieu aime Israël et veut le faire subsister à toujours, qu'il t'a établi roi sur lui pour que tu fasses droit et justice.

9. Elle donna au roi cent vingt talents d'or, une très grande quantité

d'aromates et des pierres précieuses. Il n'y eut plus d'aromates tels que ceux donnés au roi Salomon par la reine de Séba.

10. Les serviteurs de Huram et les serviteurs de Salomon, qui apportèrent de l'or d'Ophir, amenèrent aussi du bois de santal et des pierres précieuses.

11. Le roi fit avec le bois de santal des escaliers pour la maison de l'Éternel et pour la maison du roi, et des harpes et des luths pour les chantres. On n'en avait pas vu de semblable auparavant dans le pays de Juda.

12. Le roi Salomon donna à la reine de Séba tout ce qu'elle désira, ce qu'elle demanda, plus qu'elle n'avait apporté au roi. Puis elle s'en retourna et alla dans son pays, elle et ses serviteurs.

13. Le poids de l'or qui arrivait chaque année à Salomon était de six cent soixante-six talents d'or,

14. outre ce qu'il retirait des négociants et des marchands qui en apportaient, de tous les rois d'Arabie et des gouverneurs du pays, qui apportaient de l'or et de l'argent à Salomon.

15. Le roi Salomon fit deux cents grands boucliers d'or battu, pour chacun desquels il employa six cents sicles d'or battu,

16. et trois cents autres boucliers d'or battu, pour chacun desquels il employa trois cents sicles d'or ; et le roi les mit dans la maison de la forêt du Liban.

17. Le roi fit un grand trône d'ivoire, et le couvrit d'or pur.

18. Ce trône avait six degrés, et un marchepied d'or attenant au trône ; il y avait des bras de chaque côté du siège ; deux lions étaient près des bras,

19. et douze lions sur les six degrés de part et d'autre. Il ne s'est rien fait de pareil pour aucun royaume.

20. Toutes les coupes du roi Salomon étaient d'or, et toute la vaisselle de la maison de la forêt du Liban était d'or pur. Rien n'était d'argent : on n'en faisait aucun cas du temps de Salomon.

21. Car le roi avait des navires de Tarsis naviguant avec les serviteurs de Huram ; et tous les trois ans arrivaient les navires de Tarsis, apportant de l'or et de l'argent, de l'ivoire, des singes et des paons.

22. Le roi Salomon fut plus grand que tous les rois de la terre par les

richesses et par la sagesse.

23. Tous les rois de la terre cherchaient à voir Salomon, pour entendre la sagesse que Dieu avait mise dans son coeur.

24. Et chacun d'eux apportait son présent, des objets d'argent et des objets d'or, des vêtements, des armes, des aromates, des chevaux et des mulets ; et il en était ainsi chaque année.

25. Salomon avait quatre mille crèches pour les chevaux destinés à ses chars, et douze mille cavaliers qu'il plaça dans les villes où il tenait ses chars et à Jérusalem près du roi.

26. Il dominait sur tous les rois, depuis le fleuve jusqu'au pays des Philistins et jusqu'à la frontière d'Égypte.

27. Le roi rendit l'argent aussi commun à Jérusalem que les pierres, et les cèdres aussi nombreux que les sycomores qui croissent dans la plaine.

28. C'était de l'Égypte et de tous les pays que l'on tirait des chevaux pour Salomon.

29. Le reste des actions de Salomon, les premières et les dernières, cela n'est-il pas écrit dans le livre de Nathan, le prophète, dans la prophétie d'Achija de Silo, et dans les révélations de Jéedo, le prophète sur Jéroboam, fils de Nebath ?

30. Salomon régna quarante ans à Jérusalem sur tout Israël.

31. Puis Salomon se coucha avec ses pères, et on l'enterra dans la ville de David, son père. Et Roboam, son fils, régna à sa place.

Chroniques II.10

1. Roboam se rendit à Sichem, car tout Israël était venu à Sichem pour le faire roi.

2. Lorsque Jéroboam, fils de Nebath, eut des nouvelles, il était en Égypte, où il s'était enfui loin du roi Salomon, et il revint d'Égypte.

3. On l'envoya appeler. Alors Jéroboam et tout Israël vinrent vers Roboam et lui parlèrent ainsi :

4. Ton père a rendu notre joug dur ; maintenant allège cette rude servitude et le joug pesant que nous a imposé ton père. Et nous te servirons.

5. Il leur dit : Revenez vers moi dans trois jours. Et le peuple s'en alla.

6. Le roi Roboam consulta les vieillards qui avaient été auprès de Salomon, son père, pendant sa vie, et il dit : Que conseillez-vous de répondre à ce peuple ?

7. Et voici ce qu'ils lui dirent : Si tu es bon envers ce peuple, si tu les reçois favorablement, et si tu leur parles avec bienveillance, ils seront pour toujours tes serviteurs.

8. Mais Roboam laissa le conseil que lui donnaient les vieillards, et il consulta les jeunes gens qui avaient grandi avec lui et qui l'entouraient.

9. Il leur dit : Que conseillez-vous de répondre à ce peuple qui me tient ce langage : Allège le joug que nous a imposé ton père ?

10. Et voici ce que lui dirent les jeunes gens qui avaient grandi avec lui : Tu parleras ainsi à ce peuple qui t'a tenu ce langage : Ton père a rendu notre joug pesant, et toi, allège-le-nous ! tu leur parleras ainsi : Mon petit doigt est plus gros que les reins de mon père.

11. Maintenant, mon père vous a chargés d'un joug pesant, et moi je vous le rendrai plus pesant ; mon père vous a châtiés avec des fouets, et moi je vous châtierai avec des scorpions.

12. Jéroboam et tout le peuple vinrent à Roboam le troisième jour, suivant ce qu'avait dit le roi : Revenez vers moi dans trois jours.

13. Le roi leur répondit durement. Le roi Roboam laissa le conseil des vieillards,

14. et leur parla ainsi d'après le conseil des jeunes gens : Mon père a rendu votre joug pesant, et moi je le rendrai plus pesant ; mon père vous a châtiés avec des fouets, et moi je vous châtierai avec des scorpions.

15. Ainsi le roi n'écouta point le peuple ; car cela fut dirigé par Dieu, en vue de l'accomplissement de la parole que l'Éternel avait dite par Achija de Silo à Jéroboam, fils de Nebath.

16. Lorsque tout Israël vit que le roi ne l'écoutait pas, le peuple répondit au roi : Quelle part avons-nous avec David ? Nous n'avons point d'héritage avec le fils d'Isaï ! A tes tentes, Israël ! Maintenant, pourvois à ta maison, David ! Et tout Israël s'en alla dans ses tentes.

17. Les enfants d'Israël qui habitaient les villes de Juda furent les seuls sur qui régna Roboam.

18. Alors le roi Roboam envoya Hadoram, qui était préposé aux impôts. Mais Hadoram fut lapidé par les enfants d'Israël, et il mourut. Et le roi Roboam se hâta de monter sur un char, pour s'enfuir à Jérusalem.

19. C'est ainsi qu'Israël s'est détaché de la maison de David jusqu'à ce jour.

Chroniques II.11

1. Roboam, arrivé à Jérusalem, rassembla la maison de Juda et de Benjamin, cent quatre-vingt mille hommes d'élite propres à la guerre, pour qu'ils combattissent contre Israël afin de le ramener sous la domination de Roboam.
2. Mais la parole de l'Éternel fut ainsi adressée à Schemaeja, homme de Dieu :
3. Parle à Roboam, fils de Salomon, roi de Juda, et à tout Israël en Juda et en Benjamin. Et dis-leur :
4. Ainsi parle l'Éternel : Ne montez point, et ne faites pas la guerre à vos frères ! Que chacun de vous retourne dans sa maison, car c'est de par moi que cette chose est arrivée. Ils obéirent aux paroles de l'Éternel, et ils s'en retournèrent, renonçant à marcher contre Jéroboam.
5. Roboam demeura à Jérusalem, et il bâtit des villes fortes en Juda.
6. Il bâtit Bethléhem, Étham, Tekoa,
7. Beth Tsur, Soco, Adullam,
8. Gath, Maréscha, Ziph,
9. Adoraïm, Lakis, Azéka,
10. Tsorea, Ajalon et Hébron, qui étaient en Juda et en Benjamin, et il en fit des villes fortes.
11. Il les fortifia, et y établit des commandants, et des magasins de vivres, d'huile et de vin.
12. Il mit dans chacune de ces villes des boucliers et des lances, et il les rendit très fortes. Juda et Benjamin étaient à lui.
13. Les sacrificateurs et les Lévites qui se trouvaient dans tout Israël quittèrent leurs demeures pour se rendre auprès de lui ;

14. car les Lévites abandonnèrent leurs banlieues et leurs propriétés et vinrent en Juda et à Jérusalem, parce que Jéroboam et ses fils les empêchèrent de remplir leurs fonctions comme sacrificateurs de l'Éternel.

15. Jéroboam établit des sacrificateurs pour les hauts lieux, pour les boucs, et pour les veaux qu'il avait faits.

16. Ceux de toutes les tribus d'Israël qui avaient à coeur de chercher l'Éternel, le Dieu d'Israël, suivirent les Lévites à Jérusalem pour sacrifier à l'Éternel, le Dieu de leurs pères.

17. Ils donnèrent ainsi de la force au royaume de Juda, et affermirent Roboam, fils de Salomon, pendant trois ans ; car ils marchèrent pendant trois ans dans la voie de David et de Salomon.

18. Roboam prit pour femme Mahalath, fille de Jerimoth, fils de David et d'Abichaïl, fille d'Éliab, fils d'Isaï.

19. Elle lui enfanta des fils : Jeusch, Schemaria et Zaham.

20. Après elle, il prit Maaca, fille d'Absalom. Elle lui enfanta Abija, Attaï, Ziza et Schelomith.

21. Roboam aimait Maaca, fille d'Absalom, plus que toutes ses femmes et ses concubines ; car il eut dix-huit femmes et soixante concubines, et il engendra vingt-huit fils et soixante filles.

22. Roboam donna le premier rang à Abija, fils de Maaca, et l'établit chef parmi ses frères, car il voulait le faire roi.

23. Il agit avec habileté en dispersant tous ses fils dans toutes les contrées de Juda et de Benjamin, dans toutes les villes fortes ; il leur fournit des vivres en abondance, et demanda pour eux une multitude de femmes.

Chroniques II.12

1. Lorsque Roboam se fut affermi dans son royaume et qu'il eut acquis de la force, il abandonna la loi de l'Éternel, et tout Israël l'abandonna avec lui.

2. La cinquième année du règne de Roboam, Schischak, roi d'Égypte, monta contre Jérusalem, parce qu'ils avaient péché contre l'Éternel.

3. Il avait mille deux cents chars et soixante mille cavaliers ; et il vint d'Égypte avec lui un peuple innombrable, des Libyens, des Sukkiens et des Éthiopiens.

4. Il prit les villes fortes qui appartenaient à Juda, et arriva jusqu'à Jérusalem.

5. Alors Schemaeja, le prophète, se rendit auprès de Roboam et des chefs de Juda qui s'étaient retirés dans Jérusalem à l'approche de Schischak, et il leur dit : Ainsi parle l'Éternel : Vous m'avez abandonné ; je vous abandonne aussi, et je vous livre entre les mains de Schischak.

6. Les chefs d'Israël et le roi s'humilièrent et dirent : L'Éternel est juste !

7. Et quand l'Éternel vit qu'ils s'humiliaient, la parole de l'Éternel fut ainsi adressée à Schemaeja : Ils se sont humiliés, je ne les détruirai pas, je ne tarderai pas à les secourir, et ma colère ne se répandra pas sur Jérusalem par Schischak ;

8. mais ils lui seront assujettis, et ils sauront ce que c'est que me servir ou servir les royaumes des autres pays.

9. Schischak, roi d'Égypte, monta contre Jérusalem. Il prit les trésors de la maison de l'Éternel et les trésors de la maison du roi, il prit tout. Il prit les boucliers d'or que Salomon avait faits.

10. Le roi Roboam fit à leur place des boucliers d'airain, et il les remit aux soins des chefs des coureurs, qui gardaient l'entrée de la maison du roi.

11. Toutes les fois que le roi allait à la maison de l'Éternel, les coureurs venaient et les portaient ; puis ils les rapportaient dans la chambre des coureurs.

12. Comme Roboam s'était humilié, l'Éternel détourna de lui sa colère et ne le détruisit pas entièrement. Et il y avait encore de bonnes choses en Juda.

13. Le roi Roboam s'affermit dans Jérusalem et régna. Il avait quarante et un ans lorsqu'il devint roi, et il régna dix-sept ans à Jérusalem, la ville que l'Éternel avait choisie sur toutes les tribus d'Israël pour y mettre son nom. Sa mère s'appelait Naama, l'Ammonite.

14. Il fit le mal, parce qu'il n'appliqua pas son coeur à chercher l'Éternel.

15. Les actions de Roboam, les premières et les dernières, ne sont-elles pas écrites dans les livres de Schemaeja, le prophète et d'Iddo, le prophète, parmi les registres généalogiques ? Il y eut toujours guerre entre Roboam et Jéroboam.

16. Roboam se coucha avec ses pères, et il fut enterré dans la ville de David. Et Abija, son fils, régna à sa place.

Chroniques II.13

1. La dix-huitième année du règne de Jéroboam, Abija régna sur Juda.

2. Il régna trois ans à Jérusalem. Sa mère s'appelait Micaja, fille d'Uriel, de Guibea. Il y eut guerre entre Abija et Jéroboam.

3. Abija engagea les hostilités avec une armée de vaillants guerriers, quatre cent mille hommes d'élite ; et Jéroboam se rangea en bataille contre lui avec huit cent mille hommes d'élite, vaillants guerriers.

4. Du haut du mont Tsemaraïm, qui fait partie de la montagne d'Éphraïm, Abija se leva et dit : Écoutez-moi, Jéroboam, et tout Israël !

5. Ne devez-vous pas savoir que l'Éternel, le Dieu d'Israël, a donné pour toujours à David la royauté sur Israël, à lui et à ses fils, par une alliance inviolable ?

6. Mais Jéroboam, fils de Nebath, serviteur de Salomon, fils de David, s'est levé et s'est révolté contre son maître.

7. Des gens de rien, des hommes pervers, se sont rassemblés auprès de lui et l'ont emporté sur Roboam, fils de Salomon. Roboam était jeune et craintif, et il manqua de force devant eux.

8. Et maintenant, vous pensez triompher du royaume de l'Éternel, qui est entre les mains des fils de David ; et vous êtes une multitude nombreuse, et vous avez avec vous les veaux d'or que Jéroboam vous a faits pour dieux.

9. N'avez-vous pas repoussé les sacrificateurs de l'Éternel, les fils d'Aaron et les Lévites, et ne vous êtes-vous pas fait des sacrificateurs, comme les peuples des autres pays ? Quiconque venait avec un jeune taureau et sept béliers, afin d'être consacré, devenait sacrificateur de

ce qui n'est point Dieu.

10. Mais pour nous, l'Éternel est notre Dieu, et nous ne l'avons point abandonné, les sacrificateurs au service de l'Éternel sont fils d'Aaron, et les Lévites remplissent leurs fonctions.

11. Nous offrons chaque matin et chaque soir des holocaustes à l'Éternel, nous brûlons le parfum odoriférant, nous mettons les pains de proposition sur la table pure, et nous allumons chaque soir le chandelier d'or et ses lampes ; car nous observons les commandements de l'Éternel, notre Dieu. Et vous, vous l'avez abandonné.

12. Voici, Dieu et ses sacrificateurs sont avec nous, à notre tête, et nous avons les trompettes retentissantes pour les faire résonner contre vous. Enfants d'Israël ! ne faites pas la guerre à l'Éternel, le Dieu de vos pères, car vous n'auriez aucun succès.

13. Jéroboam les prit par derrière au moyen d'une embuscade, et ses troupes étaient en face de Juda, qui avait l'embuscade par derrière.

14. Ceux de Juda s'étant retournés eurent à combattre devant et derrière. Ils crièrent à l'Éternel, et les sacrificateurs sonnèrent des trompettes.

15. Les hommes de Juda poussèrent un cri de guerre et, au cri de guerre des hommes de Juda, l'Éternel frappa Jéroboam et tout Israël devant Abija et Juda.

16. Les enfants d'Israël s'enfuirent devant Juda, et Dieu les livra entre ses mains.

17. Abija et son peuple leur firent éprouver une grande défaite, et cinq cent mille hommes d'élite tombèrent morts parmi ceux d'Israël.

18. Les enfants d'Israël furent humiliés en ce temps, et les enfants de Juda remportèrent la victoire, parce qu'ils s'étaient appuyés sur l'Éternel, le Dieu de leurs pères.

19. Abija poursuivit Jéroboam et lui prit des villes, Béthel et les villes de son ressort, Jeschana et les villes de son ressort, et Éphron et les villes de son ressort.

20. Jéroboam n'eut plus de force du temps d'Abija ; et l'Éternel le frappa, et il mourut.

21. Mais Abija devint puissant ; il eut quatorze femmes, et engendra vingt-deux fils et seize filles.

22. Le reste des actions d'Abija, ce qu'il a fait et ce qu'il a dit, cela est écrit dans les mémoires du prophète Iddo.

Chroniques II.14

1. (13 :23) Abija se coucha avec ses pères, et on l'enterra dans la ville de David. Et Asa, son fils, régna à sa place. De son temps, le pays fut en repos pendant dix ans.
2. (14 :1) Asa fit ce qui est bien et droit aux yeux de l'Éternel, son Dieu.
3. (14 :2) Il fit disparaître les autels de l'étranger et les hauts lieux, il brisa les statues et abattit les idoles.
4. (14 :3) Il ordonna à Juda de rechercher l'Éternel, le Dieu de ses pères, et de pratiquer la loi et les commandements.
5. (14 :4) Il fit disparaître de toutes les villes de Juda les hauts lieux et les statues consacrées au soleil. Et le royaume fut en repos devant lui.
6. (14 :5) Il bâtit des villes fortes en Juda ; car le pays fut tranquille et il n'y eut pas de guerre contre lui pendant ces années-là, parce que l'Éternel lui donna du repos.
7. (14 :6) Il dit à Juda : Bâtissons ces villes, et entourons-les de murs, de tours, de portes et de barres ; le pays est encore devant nous, car nous avons recherché l'Éternel, notre Dieu, nous l'avons recherché, et il nous a donné du repos de tous côtés. Ils bâtirent donc, et réussirent.
8. (14 :7) Asa avait une armée de trois cent mille hommes de Juda, portant le bouclier et la lance, et de deux cent quatre-vingt mille de Benjamin, portant le bouclier et tirant de l'arc, tous vaillants hommes.
9. (14 :8) Zérach, l'Éthiopien, sortit contre eux avec une armée d'un million d'hommes et trois cents chars, et il s'avança jusqu'à Maréscha.

10. (14 :9) Asa marcha au-devant de lui, et ils se rangèrent en bataille dans la vallée de Tsephata, près de Maréscha.

11. (14 :10) Asa invoqua l'Éternel, son Dieu, et dit : Éternel, toi seul peux venir en aide au faible comme au fort : viens à notre aide, Éternel, notre Dieu ! car c'est sur toi que nous nous appuyons, et nous sommes venus en ton nom contre cette multitude. Éternel, tu es notre Dieu : que ce ne soit pas l'homme qui l'emporte sur toi !

12. (14 :11) L'Éternel frappa les Éthiopiens devant Asa et devant Juda, et les Éthiopiens prirent la fuite.

13. (14 :12) Asa et le peuple qui était avec lui les poursuivirent jusqu'à Guérar, et les Éthiopiens tombèrent sans pouvoir sauver leur vie, car ils furent détruits par l'Éternel et par son armée. Asa et son peuple firent un très grand butin ;

14. (14 :13) ils frappèrent toutes les villes des environs de Guérar, car la terreur de l'Éternel s'était emparée d'elles, et ils pillèrent toutes les villes, dont les dépouilles furent considérables.

15. (14 :14) Ils frappèrent aussi les tentes des troupeaux, et ils emmenèrent une grande quantité de brebis et de chameaux. Puis ils retournèrent à Jérusalem.

Chroniques II.15

1. L'esprit de Dieu fut sur Azaria, fils d'Obed,

2. et Azaria alla au-devant d'Asa et lui dit : Écoutez-moi, Asa, et tout Juda et Benjamin ! L'Éternel est avec vous quand vous êtes avec lui ; si vous le cherchez, vous le trouverez ; mais si vous l'abandonnez, il vous abandonnera.

3. Pendant longtemps il n'y a eu pour Israël ni vrai Dieu, ni sacrificateur qui enseignât, ni loi.

4. Mais au sein de leur détresse ils sont retournés à l'Éternel, le Dieu d'Israël, ils l'ont cherché, et ils l'ont trouvé.

5. Dans ces temps-là, point de sécurité pour ceux qui allaient et venaient, car il y avait de grands troubles parmi tous les habitants du pays ;

6. on se heurtait peuple contre peuple, ville contre ville, parce que Dieu les agitait par toutes sortes d'angoisses.

7. Vous donc, fortifiez-vous, et ne laissez pas vos mains s'affaiblir, car il y aura un salaire pour vos oeuvres.

8. Après avoir entendu ces paroles et la prophétie d'Obed le prophète, Asa se fortifia et fit disparaître les abominations de tout le pays de Juda et de Benjamin et des villes qu'il avait prises dans la montagne d'Éphraïm, et il restaura l'autel de l'Éternel qui était devant le portique de l'Éternel.

9. Il rassembla tout Juda et Benjamin, et ceux d'Éphraïm, de Manassé et de Siméon qui habitaient parmi eux, car un grand nombre de gens d'Israël se joignirent à lui lorsqu'ils virent que l'Éternel, son Dieu, était avec lui.

10. Ils s'assemblèrent à Jérusalem le troisième mois de la quinzième

année du règne d'Asa.

11. Ce jour-là, ils sacrifièrent à l'Éternel, sur le butin qu'ils avaient amené, sept cents boeufs et sept mille brebis.

12. Ils prirent l'engagement de chercher l'Éternel, le Dieu de leurs pères, de tout leur coeur et de toute leur âme ;

13. et quiconque ne chercherait pas l'Éternel, le Dieu d'Israël, devait être mis à mort, petit ou grand, homme ou femme.

14. Ils jurèrent fidélité à l'Éternel à voix haute, avec des cris de joie, et au son des trompettes et des cors ;

15. tout Juda se réjouit de ce serment, car ils avaient juré de tout leur coeur, ils avaient cherché l'Éternel de plein gré, et ils l'avaient trouvé, et l'Éternel leur donna du repos de tous côtés.

16. Le roi Asa enleva même à Maaca, sa mère, la dignité de reine, parce qu'elle avait fait une idole pour Astarté. Asa abattit son idole, qu'il réduisit en poussière, et la brûla au torrent de Cédron.

17. Mais les hauts lieux ne disparurent point d'Israël, quoique le coeur d'Asa fût en entier à l'Éternel pendant toute sa vie.

18. Il mit dans la maison de Dieu les choses consacrées par son père et par lui-même, de l'argent, de l'or et des vases.

19. Il n'y eut point de guerre jusqu'à la trente-cinquième année du règne d'Asa.

Chroniques II.16

1. La trente-sixième année du règne d'Asa, Baescha, roi d'Israël, monta contre Juda ; et il bâtit Rama, pour empêcher ceux d'Asa, roi de Juda, de sortir et d'entrer.

2. Asa sortit de l'argent et de l'or des trésors de la maison de l'Éternel et de la maison du roi, et il envoya des messagers vers Ben Hadad, roi de Syrie, qui habitait à Damas.

3. Il lui fit dire : Qu'il y ait une alliance entre moi et toi, comme il y en eut une entre mon père et ton père. Voici, je t'envoie de l'argent et de l'or. Va, romps ton alliance avec Baescha, roi d'Israël, afin qu'il s'éloigne de moi.

4. Ben Hadad écouta le roi Asa ; il envoya les chefs de son armée contre les villes d'Israël, et ils frappèrent Ijjon, Dan, Abel Maïm, et tous les magasins des villes de Nephthali.

5. Lorsque Baescha l'apprit, il cessa de bâtir Rama et interrompit ses travaux.

6. Le roi Asa occupa tout Juda à emporter les pierres et le bois que Baescha employait à la construction de Rama, et il s'en servit pour bâtir Guéba et Mitspa.

7. Dans ce temps-là, Hanani, le voyant, alla auprès d'Asa, roi de Juda, et lui dit : Parce que tu t'es appuyé sur le roi de Syrie et que tu ne t'es pas appuyé sur l'Éternel, ton Dieu, l'armée du roi de Syrie s'est échappée de tes mains.

8. Les Éthiopiens et les Libyens ne formaient-ils pas une grande armée, avec des chars et une multitude de cavaliers ? Et cependant l'Éternel les a livrés entre tes mains, parce que tu t'étais appuyé sur lui.

9. Car l'Éternel étend ses regards sur toute la terre, pour soutenir ceux dont le coeur est tout entier à lui. Tu as agi en insensé dans cette affaire, car dès à présent tu auras des guerres.

10. Asa fut irrité contre le voyant, et il le fit mettre en prison, parce qu'il était en colère contre lui. Et dans le même temps Asa opprima aussi quelques-uns du peuple.
11. Les actions d'Asa, les premières et les dernières, sont écrites dans le livre des rois de Juda et d'Israël.
12. La trente-neuvième année de son règne, Asa eut les pieds malades au point d'éprouver de grandes souffrances ; même pendant sa maladie, il ne chercha pas l'Éternel, mais il consulta les médecins.
13. Asa se coucha avec ses pères, et il mourut la quarante et unième année de son règne ;
14. on l'enterra dans le sépulcre qu'il s'était creusé dans la ville de David. On le coucha sur un lit qu'on avait garni d'aromates et de parfums préparés selon l'art du parfumeur, et l'on en brûla en son honneur une quantité très considérable.

Chroniques II.17

1. Josaphat, son fils, régna à sa place.
2. Il se fortifia contre Israël : il mit des troupes dans toutes les villes fortes de Juda, et des garnisons dans le pays de Juda et dans les villes d'Éphraïm dont Asa, son père, s'était emparé.
3. L'Éternel fut avec Josaphat, parce qu'il marcha dans les premières voies de David, son père, et qu'il ne rechercha point les Baals ;
4. car il eut recours au Dieu de son père, et il suivit ses commandements, sans imiter ce que faisait Israël.
5. L'Éternel affermit la royauté entre les mains de Josaphat, à qui tout Juda apportait des présents, et qui eut en abondance des richesses et de la gloire.
6. Son coeur grandit dans les voies de l'Éternel, et il fit encore disparaître de Juda les hauts lieux et les idoles.
7. La troisième année de son règne, il chargea ses chefs Ben Haïl, Abdias, Zacharie, Nethaneel et Michée, d'aller enseigner dans les villes de Juda.
8. Il envoya avec eux les Lévites Schemaeja, Nethania, Zebadia, Asaël, Schemiramoth, Jonathan, Adonija, Tobija et Tob Adonija, Lévites, et les sacrificateurs Élischama et Joram.
9. Ils enseignèrent dans Juda, ayant avec eux le livre de la loi de l'Éternel. Ils parcoururent toutes les villes de Juda, et ils enseignèrent parmi le peuple.
10. La terreur de l'Éternel s'empara de tous les royaumes des pays qui environnaient Juda, et ils ne firent point la guerre à Josaphat.

11. Des Philistins apportèrent à Josaphat des présents et un tribut en

argent ; et les Arabes lui amenèrent aussi du bétail, sept mille sept cents béliers et sept mille sept cents boucs.

12. Josaphat s'élevait au plus haut degré de grandeur. Il bâtit en Juda des châteaux et des villes pour servir de magasins.

13. Il fit exécuter beaucoup de travaux dans les villes de Juda, et il avait à Jérusalem de vaillants hommes pour soldats.

14. Voici leur dénombrement, selon les maisons de leurs pères. De Juda, chefs de milliers : Adna, le chef, avec trois cent mille vaillants hommes ;

15. et à ses côtés, Jochanan, le chef, avec deux cent quatre-vingt mille hommes ;

16. et à ses côtés, Amasia, fils de Zicri, qui s'était volontairement consacré à l'Éternel, avec deux cent mille vaillants hommes.

17. De Benjamin : Éliada, vaillant homme, avec deux cent mille hommes armés de l'arc et du bouclier,

18. et à ses côtés, Zozabad, avec cent quatre-vingt mille hommes armés pour la guerre.

19. Tels sont ceux qui étaient au service du roi, outre ceux que le roi avait placés dans toutes les villes fortes de Juda.

Chroniques II.18

1. Josaphat eut en abondance des richesses et de la gloire, et il s'allia par mariage avec Achab.

2. Au bout de quelques années, il descendit auprès d'Achab à Samarie ; et Achab tua pour lui et pour le peuple qui était avec lui un grand nombre de brebis et de boeufs, et il le sollicita de monter à Ramoth en Galaad.

3. Achab, roi d'Israël, dit à Josaphat, roi de Juda : Veux-tu venir avec moi à Ramoth en Galaad ? Josaphat lui répondit : Moi comme toi, et mon peuple comme ton peuple, nous irons l'attaquer avec toi.

4. Puis Josaphat dit au roi d'Israël : Consulte maintenant, je te prie, la parole de l'Éternel.

5. Le roi d'Israël assembla les prophètes, au nombre de quatre cents, et leur dit : Irons-nous attaquer Ramoth en Galaad, ou dois-je y renoncer ? Et ils répondirent : Monte, et Dieu la livrera entre les mains du roi.

6. Mais Josaphat dit : N'y a-t-il plus ici aucun prophète de l'Éternel, par qui nous puissions le consulter ?

7. Le roi d'Israël répondit à Josaphat : Il y a encore un homme par qui l'on pourrait consulter l'Éternel ; mais je le hais, car il ne me prophétise rien de bon, il ne prophétise jamais que du mal : c'est Michée, fils de Jimla. Et Josaphat dit : Que le roi ne parle pas ainsi !

8. Alors le roi d'Israël appela un eunuque, et dit : Fais venir tout de suite Michée, fils de Jimla.

9. Le roi d'Israël et Josaphat, roi de Juda, étaient assis chacun sur son trône, revêtus de leurs habits royaux ; ils étaient assis dans la place à l'entrée de la porte de Samarie. Et tous les prophètes prophétisaient

devant eux.

10. Sédécias, fils de Kenaana, s'était fait des cornes de fer, et il dit : Ainsi parle l'Éternel : Avec ces cornes, tu frapperas les Syriens jusqu'à les détruire.

11. Et tous les prophètes prophétisèrent de même, en disant : Monte à Ramoth en Galaad ! tu auras du succès, et l'Éternel la livrera entre les mains du roi.

12. Le messager qui était allé appeler Michée lui parla ainsi : Voici, les prophètes d'un commun accord prophétisent du bien au roi ; que ta parole soit donc comme la parole de chacun d'eux ! annonce du bien !

13. Michée répondit : L'Éternel est vivant ! j'annoncerai ce que dira mon Dieu.

14. Lorsqu'il fut arrivé auprès du roi, le roi lui dit : Michée, irons-nous attaquer Ramoth en Galaad, ou dois-je y renoncer ? Il répondit : Montez ! vous aurez du succès, et ils seront livrés entre vos mains.

15. Et le roi lui dit : Combien de fois me faudra-t-il te faire jurer de ne me dire que la vérité au nom de l'Éternel ?

16. Michée répondit : Je vois tout Israël dispersé sur les montagnes, comme des brebis qui n'ont point de berger ; et l'Éternel dit : Ces gens n'ont point de maître, que chacun retourne en paix dans sa maison !

17. Le roi d'Israël dit à Josaphat : Ne te l'ai-je pas dit ? Il ne prophétise sur moi rien de bon, il ne prophétise que du mal.

18. Et Michée dit : Écoutez donc la parole de l'Éternel ! J'ai vu l'Éternel assis sur son trône, et toute l'armée des cieux se tenant à sa droite et à sa gauche.

19. Et l'Éternel dit : Qui séduira Achab, roi d'Israël, pour qu'il monte à Ramoth en Galaad et qu'il y périsse ? Ils répondirent l'un d'une manière, l'autre d'une autre.

20. Et un esprit vint se présenter devant l'Éternel, et dit : Moi, je le séduirai.

21. L'Éternel lui dit : Comment ? Je sortirai, répondit-il, et je serai un esprit de mensonge dans la bouche de tous ses prophètes. L'Éternel

dit : Tu le séduiras, et tu en viendras à bout ; sors, et fais ainsi.

22. Et maintenant, voici, l'Éternel a mis un esprit de mensonge dans la bouche de tes prophètes qui sont là. Et l'Éternel a prononcé du mal contre toi.

23. Alors Sédécias, fils de Kenaana, s'étant approché, frappa Michée sur la joue, et dit : Par quel chemin l'esprit de l'Éternel est-il sorti de moi pour te parler ?

24. Michée répondit : Tu le verras au jour où tu iras de chambre en chambre pour te cacher.

25. Le roi d'Israël dit : Prenez Michée et emmenez-le vers Amon, chef de la ville, et vers Joas, fils du roi.

26. Vous direz : Ainsi parle le roi : Mettez cet homme en prison, et nourrissez-le du pain et de l'eau d'affliction, jusqu'à ce que je revienne en paix.

27. Et Michée dit : Si tu reviens en paix, l'Éternel n'a point parlé par moi. Il dit encore : Vous tous, peuples, entendez !

28. Le roi d'Israël et Josaphat, roi de Juda, montèrent à Ramoth en Galaad.

29. Le roi d'Israël dit à Josaphat : Je veux me déguiser pour aller au combat ; mais toi, revêts-toi de tes habits. Et le roi d'Israël se déguisa, et ils allèrent au combat.

30. Le roi de Syrie avait donné cet ordre aux chefs de ses chars : Vous n'attaquerez ni petit ni grand, mais vous attaquerez seulement le roi d'Israël.

31. Quand les chefs des chars aperçurent Josaphat, ils dirent : C'est le roi d'Israël. Et ils l'entourèrent pour l'attaquer. Josaphat poussa un cri, et l'Éternel le secourut, et Dieu les écarta de lui.

32. Les chefs des chars, voyant que ce n'était pas le roi d'Israël, s'éloignèrent de lui.

33. Alors un homme tira de son arc au hasard, et frappa le roi d'Israël au défaut de la cuirasse. Le roi dit à celui qui dirigeait son char : Tourne, et fais-moi sortir du champ de bataille, car je suis blessé.

34. Le combat devint acharné ce jour-là. Le roi d'Israël fut retenu dans son char, en face des Syriens, jusqu'au soir, et il mourut vers le coucher du soleil.

Chroniques II.19

1. Josaphat, roi de Juda, revint en paix dans sa maison à Jérusalem.

2. Jéhu, fils de Hanani, le prophète, alla au-devant de lui. Et il dit au roi Josaphat : Doit-on secourir le méchant, et aimes-tu ceux qui haïssent l'Éternel ? A cause de cela, l'Éternel est irrité contre toi.

3. Mais il s'est trouvé de bonnes choses en toi, car tu as fait disparaître du pays les idoles, et tu as appliqué ton coeur à chercher Dieu.

4. Josaphat resta à Jérusalem. Puis il fit encore une tournée parmi le peuple, depuis Beer Schéba jusqu'à la montagne d'Éphraïm, et il les ramena à l'Éternel, le Dieu de leurs pères.

5. Il établit des juges dans toutes les villes fortes du pays de Juda, dans chaque ville.

6. Et il dit aux juges : Prenez garde à ce que vous ferez, car ce n'est pas pour les hommes que vous prononcerez des jugements ; c'est pour l'Éternel, qui sera près de vous quand vous les prononcerez.

7. Maintenant, que la crainte de l'Éternel soit sur vous ; veillez sur vos actes, car il n'y a chez l'Éternel, notre Dieu, ni iniquité, ni égards pour l'apparence des personnes, ni acceptation de présents.

8. Quand on fut de retour à Jérusalem, Josaphat y établit aussi, pour les jugements de l'Éternel et pour les contestations, des Lévites, des sacrificateurs et des chefs de maisons paternelles d'Israël.

9. Et voici les ordres qu'il leur donna : Vous agirez de la manière suivante dans la crainte de l'Éternel, avec fidélité et avec intégrité de coeur.

10. Dans toute contestation qui vous sera soumise par vos frères,

établis dans leurs villes, relativement à un meurtre, à une loi, à un commandement, à des préceptes et à des ordonnances, vous les éclairerez, afin qu'ils ne se rendent pas coupables envers l'Éternel, et que sa colère n'éclate pas sur vous et sur vos frères. C'est ainsi que vous agirez, et vous ne serez point coupables.

11. Et voici, vous avez à votre tête Amaria, le souverain sacrificateur, pour toutes les affaires de l'Éternel, et Zebadia, fils d'Ismaël, chef de la maison de Juda, pour toutes les affaires du roi, et vous avez devant vous des Lévites comme magistrats. Fortifiez-vous et agissez, et que l'Éternel soit avec celui qui fera le bien !

Chroniques II.20

1. Après cela, les fils de Moab et les fils d'Ammon, et avec eux des Maonites, marchèrent contre Josaphat pour lui faire la guerre.

2. On vint en informer Josaphat, en disant : Une multitude nombreuse s'avance contre toi depuis l'autre côté de la mer, depuis la Syrie, et ils sont à Hatsatson Thamar, qui est En Guédi.

3. Dans sa frayeur, Josaphat se disposa à chercher l'Éternel, et il publia un jeûne pour tout Juda.

4. Juda s'assembla pour invoquer l'Éternel, et l'on vint de toutes les villes de Juda pour chercher l'Éternel.

5. Josaphat se présenta au milieu de l'assemblée de Juda et de Jérusalem, dans la maison de l'Éternel, devant le nouveau parvis.

6. Et il dit : Éternel, Dieu de nos pères, n'es-tu pas Dieu dans les cieux, et n'est-ce pas toi qui domines sur tous les royaumes des nations ? N'est-ce pas toi qui as en main la force et la puissance, et à qui nul ne peut résister ?

7. N'est-ce pas toi, ô notre Dieu, qui as chassé les habitants de ce pays devant ton peuple d'Israël, et qui l'as donné pour toujours à la postérité d'Abraham qui t'aimait ?

8. Ils l'ont habité, et ils t'y ont bâti un sanctuaire pour ton nom, en disant :

9. S'il nous survient quelque calamité, l'épée, le jugement, la peste ou la famine, nous nous présenterons devant cette maison et devant toi, car ton nom est dans cette maison, nous crierons à toi du sein de notre détresse, et tu exauceras et tu sauveras !

10. Maintenant voici, les fils d'Ammon et de Moab et ceux de la

montagne de Séir, chez lesquels tu n'as pas permis à Israël d'entrer quand il venait du pays d'Égypte, -car il s'est détourné d'eux et ne les a pas détruits, -

11. les voici qui nous récompensent en venant nous chasser de ton héritage, dont tu nous as mis en possession.

12. O notre Dieu, n'exerceras-tu pas tes jugements sur eux ? Car nous sommes sans force devant cette multitude nombreuse qui s'avance contre nous, et nous ne savons que faire, mais nos yeux sont sur toi.

13. Tout Juda se tenait debout devant l'Éternel, avec leurs petits enfants, leurs femmes et leurs fils.

14. Alors l'esprit de l'Éternel saisit au milieu de l'assemblée Jachaziel, fils de Zacharie, fils de Benaja, fils de Jeïel, fils de Matthania, Lévite, d'entre les fils d'Asaph.

15. Et Jachaziel dit : Soyez attentifs, tout Juda et habitants de Jérusalem, et toi, roi Josaphat ! Ainsi vous parle l'Éternel : Ne craignez point et ne vous effrayez point devant cette multitude nombreuse, car ce ne sera pas vous qui combattrez, ce sera Dieu.

16. Demain, descendez contre eux ; ils vont monter par la colline de Tsits, et vous les trouverez à l'extrémité de la vallée, en face du désert de Jeruel.

17. Vous n'aurez point à combattre en cette affaire : présentez-vous, tenez-vous là, et vous verrez la délivrance que l'Éternel vous accordera. Juda et Jérusalem, ne craignez point et ne vous effrayez point, demain, sortez à leur rencontre, et l'Éternel sera avec vous !

18. Josaphat s'inclina le visage contre terre, et tout Juda et les habitants de Jérusalem tombèrent devant l'Éternel pour se prosterner en sa présence.

19. Les Lévites d'entre les fils des Kehathites et d'entre les fils des Koréites se levèrent pour célébrer d'une voix forte et haute l'Éternel, le Dieu d'Israël.

20. Le lendemain, ils se mirent en marche de grand matin pour le désert de Tekoa. A leur départ, Josaphat se présenta et dit : Écoutez-moi, Juda et habitants de Jérusalem ! Confiez-vous en l'Éternel, votre Dieu, et vous serez affermis ; confiez-vous en ses prophètes, et vous réussirez.

21. Puis, d'accord avec le peuple, il nomma des chantres qui, revêtus d'ornements sacrés, et marchant devant l'armée, célébraient l'Éternel et disaient : Louez l'Éternel, car sa miséricorde dure à toujours !

22. Au moment où l'on commençait les chants et les louanges, l'Éternel plaça une embuscade contre les fils d'Ammon et de Moab et ceux de la montagne de Séir, qui étaient venus contre Juda. Et ils furent battus.

23. Les fils d'Ammon et de Moab se jetèrent sur les habitants de la montagne de Séir pour les dévouer par interdit et les exterminer ; et quand ils en eurent fini avec les habitants de Séir, ils s'aidèrent les uns les autres à se détruire.

24. Lorsque Juda fut arrivé sur la hauteur d'où l'on aperçoit le désert, ils regardèrent du côté de la multitude, et voici, c'étaient des cadavres étendus à terre, et personne n'avait échappé.

25. Josaphat et son peuple allèrent prendre leurs dépouilles ; ils trouvèrent parmi les cadavres d'abondantes richesses et des objets précieux, et ils en enlevèrent tant qu'ils ne purent tout emporter. Ils mirent trois jours au pillage du butin, car il était considérable.

26. Le quatrième jour, ils s'assemblèrent dans la vallée de Beraca, où ils bénirent l'Éternel ; c'est pourquoi ils appelèrent ce lieu vallée de Beraca, nom qui lui est resté jusqu'à ce jour.

27. Tous les hommes de Juda et de Jérusalem, ayant à leur tête Josaphat, partirent joyeux pour retourner à Jérusalem, car l'Éternel les avait remplis de joie en les délivrant de leurs ennemis.

28. Ils entrèrent à Jérusalem et dans la maison de l'Éternel, au son des luths, des harpes et des trompettes.

29. La terreur de l'Éternel s'empara de tous les royaumes des autres pays, lorsqu'ils apprirent que l'Éternel avait combattu contre les ennemis d'Israël.

30. Et le royaume de Josaphat fut tranquille, et son Dieu lui donna du repos de tous côtés.

31. Josaphat régna sur Juda. Il avait trente-cinq ans lorsqu'il devint roi, et il régna vingt-cinq ans à Jérusalem. Sa mère s'appelait Azuba, fille de Schilchi.

32. Il marcha dans la voie de son père Asa, et ne s'en détourna point,

faisant ce qui est droit aux yeux de l'Éternel.
33. Seulement, les hauts lieux ne disparurent point, et le peuple n'avait point encore le coeur fermement attaché au Dieu de ses pères.

34. Le reste des actions de Josaphat, les premières et les dernières, cela est écrit dans les mémoires de Jéhu, fils de Hanani, lesquels sont insérés dans le livre des rois d'Israël.
35. Après cela, Josaphat, roi de Juda, s'associa avec le roi d'Israël, Achazia, dont la conduite était impie.
36. Il s'associa avec lui pour construire des navires destinés à aller à Tarsis, et ils firent les navires à Etsjon Guéber.
37. Alors Éliézer, fils de Dodava, de Maréscha, prophétisa contre Josaphat, et dit : Parce que tu t'es associé avec Achazia, l'Éternel détruit ton oeuvre. Et les navires furent brisés, et ne purent aller à Tarsis.

Chroniques II.21

1. Josaphat se coucha avec ses pères, et il fut enterré avec ses pères dans la ville de David. Et Joram, son fils, régna à sa place.

2. Joram avait des frères, fils de Josaphat : Azaria, Jehiel, Zacharie, Azaria, Micaël et Schephathia, tous fils de Josaphat, roi d'Israël.

3. Leur père leur avait donné des présents considérables en argent, en or, et en objets précieux, avec des villes fortes en Juda ; mais il laissa le royaume à Joram, parce qu'il était le premier-né.

4. Lorsque Joram eut pris possession du royaume de son père et qu'il se fut fortifié, il fit mourir par l'épée tous ses frères et quelques-uns aussi des chefs d'Israël.

5. Joram avait trente-deux ans lorsqu'il devint roi, et il régna huit ans à Jérusalem.

6. Il marcha dans la voie des rois d'Israël, comme avait fait la maison d'Achab, car il avait pour femme une fille d'Achab, et il fit ce qui est mal aux yeux de l'Éternel.

7. Mais l'Éternel ne voulut point détruire la maison de David, à cause de l'alliance qu'il avait traitée avec David et de la promesse qu'il avait faite de lui donner toujours une lampe, à lui et à ses fils.

8. De son temps, Édom se révolta contre l'autorité de Juda, et se donna un roi.

9. Joram partit avec ses chefs et tous ses chars ; s'étant levé de nuit, il battit les Édomites qui l'entouraient et les chefs des chars.

10. La rébellion d'Édom contre l'autorité de Juda a duré jusqu'à ce jour. Libna se révolta dans le même temps contre son autorité, parce qu'il avait abandonné l'Éternel, le Dieu de ses pères.

11. Joram fit même des hauts lieux dans les montagnes de Juda ; il poussa les habitants de Jérusalem à la prostitution, et il séduisit Juda.

12. Il lui vint un écrit du prophète Élie, disant : Ainsi parle l'Éternel, le Dieu de David, ton père : Parce que tu n'as pas marché dans les voies de Josaphat, ton père, et dans les voies d'Asa, roi de Juda,

13. mais que tu as marché dans la voie des rois d'Israël ; parce que tu as entraîné à la prostitution Juda et les habitants de Jérusalem, comme l'a fait la maison d'Achab à l'égard d'Israël ; et parce que tu as fait mourir tes frères, meilleurs que toi, la maison même de ton père ; -

14. voici, l'Éternel frappera ton peuple d'une grande plaie, tes fils, tes femmes, et tout ce qui t'appartient ;

15. et toi, il te frappera d'une maladie violente, d'une maladie d'entrailles, qui augmentera de jour en jour jusqu'à ce que tes entrailles sortent par la force du mal.

16. Et l'Éternel excita contre Joram l'esprit des Philistins et des Arabes qui sont dans le voisinage des Éthiopiens.

17. Ils montèrent contre Juda, y firent une invasion, pillèrent toutes les richesses qui se trouvaient dans la maison du roi, et emmenèrent ses fils et ses femmes, de sorte qu'il ne lui resta d'autre fils que Joachaz, le plus jeune de ses fils.

18. Après tout cela, l'Éternel le frappa d'une maladie d'entrailles qui était sans remède ;

19. elle augmenta de jour en jour, et sur la fin de la seconde année les entrailles de Joram sortirent par la force de son mal. Il mourut dans de violentes souffrances ; et son peuple ne brûla point de parfums en son honneur, comme il l'avait fait pour ses pères.

20. Il avait trente-deux ans lorsqu'il devint roi, et il régna huit ans à Jérusalem. Il s'en alla sans être regretté, et on l'enterra dans la ville de David, mais non dans les sépulcres des rois.

Chroniques II.22

1. Les habitants de Jérusalem firent régner à sa place Achazia, son plus jeune fils ; car la troupe venue au camp avec les Arabes avait tué tous les plus âgés. Ainsi régna Achazia, fils de Joram, roi de Juda.

2. Achazia avait quarante-deux ans lorsqu'il devint roi, et il régna un an à Jérusalem. Sa mère s'appelait Athalie, fille d'Omri.

3. Il marcha dans les voies de la maison d'Achab, car sa mère lui donnait des conseils impies.

4. Il fit ce qui est mal aux yeux de l'Éternel, comme la maison d'Achab, où il eut après la mort de son père des conseillers pour sa perte.

5. Entraîné par leur conseil, il alla avec Joram, fils d'Achab, roi d'Israël, à la guerre contre Hazaël, roi de Syrie, à Ramoth en Galaad. Et les Syriens blessèrent Joram.

6. Joram s'en retourna pour se faire guérir à Jizreel des blessures que les Syriens lui avaient faites à Rama, lorsqu'il se battait contre Hazaël, roi de Syrie. Azaria, fils de Joram, roi de Juda, descendit pour voir Joram, fils d'Achab, à Jizreel, parce qu'il était malade.

7. Par la volonté de Dieu, ce fut pour sa ruine qu'Achazia se rendit auprès de Joram. Lorsqu'il fut arrivé, il sortit avec Joram pour aller au-devant de Jéhu, fils de Nimschi, que l'Éternel avait oint pour exterminer la maison d'Achab.

8. Et comme Jéhu faisait justice de la maison d'Achab, il trouva les chefs de Juda et les fils des frères d'Achazia, qui étaient au service d'Achazia, et il les tua.

9. Il chercha Achazia, et on le saisit dans Samarie, où il s'était caché.

On l'amena auprès de Jéhu, et on le fit mourir. Puis ils l'enterrèrent, car ils disaient : C'est le fils de Josaphat, qui cherchait l'Éternel de tout son coeur. Et il ne resta personne de la maison d'Achazia qui fût en état de régner.

10. Athalie, mère d'Achazia, voyant que son fils était mort, se leva et fit périr toute la race royale de la maison de Juda.

11. Mais Joschabeath, fille du roi, prit Joas, fils d'Achazia, et l'enleva du milieu des fils du roi, quand on les fit mourir : elle le mit avec sa nourrice dans la chambre des lits. Ainsi Joschabeath, fille du roi Joram, femme du sacrificateur Jehojada, et soeur d'Achazia, le déroba aux regards d'Athalie, qui ne le fit point mourir.

12. Il resta six ans caché avec eux dans la maison de Dieu. Et c'était Athalie qui régnait dans le pays.

Chroniques II.23

1. La septième année, Jehojada s'anima de courage, et traita alliance avec les chefs de centaines, Azaria, fils de Jerocham, Ismaël, fils de Jochanan, Azaria, fils d'Obed, Maaséja, fils d'Adaja, et Élischaphath, fils de Zicri.

2. Ils parcoururent Juda, et ils rassemblèrent les Lévites de toutes les villes de Juda et les chefs de famille d'Israël ; et ils vinrent à Jérusalem.

3. Toute l'assemblée traita alliance avec le roi dans la maison de Dieu. Et Jehojada leur dit : Voici, le fils du roi régnera, comme l'Éternel l'a déclaré à l'égard des fils de David.

4. Voici ce que vous ferez. Le tiers qui parmi vous entre en service le jour du sabbat, sacrificateurs et Lévites, fera la garde des seuils,

5. un autre tiers se tiendra dans la maison du roi, et un tiers à la porte de Jesod. Tout le peuple sera dans les parvis de la maison de l'Éternel.

6. Que personne n'entre dans la maison de l'Éternel, excepté les sacrificateurs et les Lévites de service : ils entreront, car ils sont saints. Et tout le peuple fera la garde de l'Éternel.

7. Les Lévites entoureront le roi de toutes parts, chacun les armes à la main, et l'on donnera la mort à quiconque entrera dans la maison : vous serez près du roi quand il entrera et quand il sortira.

8. Les Lévites et tout Juda exécutèrent tous les ordres qu'avait donnés le sacrificateur Jehojada. Ils prirent chacun leurs gens, ceux qui entraient en service et ceux qui sortaient de service le jour du sabbat ; car le sacrificateur Jehojada n'avait exempté aucune des divisions.

9. Le sacrificateur Jehojada remit aux chefs de centaines les lances et les boucliers, grands et petits, qui provenaient du roi David, et qui se trouvaient dans la maison de Dieu.

10. Il fit entourer le roi en plaçant tout le peuple, chacun les armes à la main, depuis le côté droit jusqu'au côté gauche de la maison, près de l'autel et près de la maison.

11. On fit avancer le fils du roi, on mit sur lui le diadème et le témoignage, et on l'établit roi. Et Jehojada et ses fils l'oignirent, et ils dirent : Vive le roi !

12. Athalie entendit le bruit du peuple accourant et célébrant le roi, et elle vint vers le peuple à la maison de l'Éternel.

13. Elle regarda. Et voici, le roi se tenait sur son estrade à l'entrée ; les chefs et les trompettes étaient près du roi ; tout le peuple du pays était dans la joie, et l'on sonnait des trompettes, et les chantres avec les instruments de musique dirigeaient les chants de louanges. Athalie déchira ses vêtements, et dit : Conspiration ! conspiration !

14. Alors le sacrificateur Jehojada, faisant approcher les chefs de centaines qui étaient à la tête de l'armée, leur dit : Faites-la sortir en dehors des rangs, et que l'on tue par l'épée quiconque la suivra. Car le sacrificateur avait dit : Ne la mettez pas à mort dans la maison de l'Éternel.

15. On lui fit place, et elle se rendit à la maison du roi par l'entrée de la porte des chevaux : c'est là qu'ils lui donnèrent la mort.

16. Jehojada traita entre lui, tout le peuple et le roi, une alliance par laquelle ils devaient être le peuple de l'Éternel.

17. Tout le peuple entra dans la maison de Baal, et ils la démolirent ; ils brisèrent ses autels et ses images, et ils tuèrent devant les autels Matthan, prêtre de Baal.

18. Jehojada remit les fonctions de la maison de l'Éternel entre les mains des sacrificateurs, des Lévites, que David avait distribués dans la maison de l'Éternel pour qu'ils offrissent des holocaustes à l'Éternel, comme il est écrit dans la loi de Moïse, au milieu des réjouissances et des chants, d'après les ordonnances de David.

19. Il plaça les portiers aux portes de la maison de l'Éternel, afin qu'il n'entrât aucune personne souillée de quelque manière que ce fût.

20. Il prit les chefs de centaines, les hommes considérés, ceux qui avaient autorité parmi le peuple, et tout le peuple du pays, et il fit descendre le roi de la maison de l'Éternel. Ils entrèrent dans la maison du roi par la porte supérieure, et ils firent asseoir le roi sur le trône royal.

21. Tout le peuple du pays se réjouissait, et la ville était tranquille. On avait fait mourir Athalie par l'épée.

Chroniques II.24

1. Joas avait sept ans lorsqu'il devint roi, et il régna quarante ans à Jérusalem. Sa mère s'appelait Tsibja, de Beer Schéba.

2. Joas fit ce qui est droit aux yeux de l'Éternel pendant toute la vie du sacrificateur Jehojada.

3. Jehojada prit pour Joas deux femmes, et Joas engendra des fils et des filles.

4. Après cela, Joas eut la pensée de réparer la maison de l'Éternel.

5. Il assembla les sacrificateurs et les Lévites, et leur dit : Allez par les villes de Juda, et vous recueillerez dans tout Israël de l'argent, chaque année, pour réparer la maison de votre Dieu ; et mettez à cette affaire de l'empressement. Mais les Lévites ne se hâtèrent point.

6. Le roi appela Jehojada, le souverain sacrificateur, et lui dit : Pourquoi n'as-tu pas veillé à ce que les Lévites apportassent de Juda et de Jérusalem l'impôt ordonné par Moïse, serviteur de l'Éternel, et mis sur l'assemblée d'Israël pour la tente du témoignage ?

7. Car l'impie Athalie et ses fils ont ravagé la maison de Dieu et fait servir pour les Baals toutes les choses consacrées à la maison de l'Éternel.

8. Alors le roi ordonna qu'on fît un coffre, et qu'on le plaçât à la porte de la maison de l'Éternel, en dehors.

9. Et l'on publia dans Juda et dans Jérusalem qu'on apportât à l'Éternel l'impôt mis par Moïse, serviteur de l'Éternel, sur Israël dans le désert.

10. Tous les chefs et tout le peuple s'en réjouirent, et l'on apporta et jeta dans le coffre tout ce qu'on avait à payer.

11. Quand c'était le moment où les Lévites, voyant qu'il y avait beaucoup d'argent dans le coffre, devaient le livrer aux inspecteurs royaux, le secrétaire du roi et le commissaire du souverain sacrificateur venaient vider le coffre ; ils le prenaient et le remettaient à sa place ; ils faisaient ainsi journellement, et ils recueillirent de l'argent en abondance.

12. Le roi et Jehojada le donnaient à ceux qui étaient chargés de faire exécuter l'ouvrage dans la maison de l'Éternel, et qui prenaient à gage des tailleurs de pierres et des charpentiers pour réparer la maison de l'Éternel, et aussi des ouvriers en fer ou en airain pour réparer la maison de l'Éternel.

13. Ceux qui étaient chargés de l'ouvrage travaillèrent, et les réparations s'exécutèrent par leurs soins ; ils remirent en état la maison de Dieu et la consolidèrent.

14. Lorsqu'ils eurent achevé, ils apportèrent devant le roi et devant Jehojada le reste de l'argent ; et l'on en fit des ustensiles pour la maison de l'Éternel, des ustensiles pour le service et pour les holocaustes, des coupes, et d'autres ustensiles d'or et d'argent. Et, pendant toute la vie de Jehojada, on offrit continuellement des holocaustes dans la maison de l'Éternel.

15. Jehojada mourut, âgé et rassasié de jours ; il avait à sa mort cent trente ans.

16. On l'enterra dans la ville de David avec les rois, parce qu'il avait fait du bien en Israël, et à l'égard de Dieu et à l'égard de sa maison.

17. Après la mort de Jehojada, les chefs de Juda vinrent se prosterner devant le roi. Alors le roi les écouta.

18. Et ils abandonnèrent la maison de l'Éternel, le Dieu de leurs pères, et ils servirent les Astartés et les idoles. La colère de l'Éternel fut sur Juda et sur Jérusalem, parce qu'ils s'étaient ainsi rendus coupables.

19. L'Éternel envoya parmi eux des prophètes pour les ramener à lui, mais ils n'écoutèrent point les avertissements qu'ils en reçurent.

20. Zacharie, fils du sacrificateur Jehojada, fut revêtu de l'esprit de Dieu ; il se présenta devant le peuple et lui dit : Ainsi parle Dieu : Pourquoi transgressez-vous les commandements de l'Éternel ? Vous

ne prospérerez point ; car vous avez abandonné l'Éternel, et il vous abandonnera.

21. Et ils conspirèrent contre lui, et le lapidèrent par ordre du roi, dans le parvis de la maison de l'Éternel.

22. Le roi Joas ne se souvint pas de la bienveillance qu'avait eue pour lui Jehojada, père de Zacharie, et il fit périr son fils. Zacharie dit en mourant : Que l'Éternel voie, et qu'il fasse justice !

23. Quand l'année fut révolue, l'armée des Syriens monta contre Joas, et vint en Juda et à Jérusalem. Ils tuèrent parmi le peuple tous les chefs du peuple, et ils envoyèrent au roi de Damas tout leur butin.

24. L'armée des Syriens arriva avec un petit nombre d'hommes ; et cependant l'Éternel livra entre leurs mains une armée très considérable, parce qu'ils avaient abandonné l'Éternel, le Dieu de leurs pères. Et les Syriens firent justice de Joas.

25. Lorsqu'ils se furent éloignés de lui, après l'avoir laissé dans de grandes souffrances, ses serviteurs conspirèrent contre lui à cause du sang des fils du sacrificateur Jehojada ; ils le tuèrent sur son lit, et il mourut. On l'enterra dans la ville de David, mais on ne l'enterra pas dans les sépulcres des rois.

26. Voici ceux qui conspirèrent contre lui : Zabad, fils de Schimeath, femme Ammonite, et Jozabad, fils de Schimrith, femme Moabite.

27. Pour ce qui concerne ses fils, le grand nombre de prophéties dont il fut l'objet, et les réparations faites à la maison de Dieu, cela est écrit dans les mémoires sur le livre des rois. Amatsia, son fils, régna à sa place.

Chroniques II.25

1. Amatsia devint roi à l'âge de vingt-cinq ans, et il régna vingt-neuf ans à Jérusalem. Sa mère s'appelait Joaddan, de Jérusalem.

2. Il fit ce qui est droit aux yeux de l'Éternel, mais avec un coeur qui n'était pas entièrement dévoué.

3. Lorsque la royauté fut affermie entre ses mains, il fit périr ses serviteurs qui avaient tué le roi son père.

4. Mais il ne fit pas mourir leurs fils, car il agit selon ce qui est écrit dans la loi, dans le livre de Moïse, où l'Éternel donne ce commandement : On ne fera point mourir les pères pour les enfants, et l'on ne fera point mourir les enfants pour les pères ; mais on fera mourir chacun pour son péché.

5. Amatsia rassembla les hommes de Juda et les plaça d'après les maisons paternelles, les chefs de milliers et les chef de centaines, pour tout Juda et Benjamin ; il en fit le dénombrement depuis l'âge de vingt ans et au-dessus, et il trouva trois cent mille hommes d'élite, en état de porter les armes, maniant la lance et le bouclier.

6. Il prit encore à sa solde dans Israël cent mille vaillants hommes pour cent talents d'argent.

7. Un homme de Dieu vint auprès de lui, et dit : O roi, qu'une armée d'Israël ne marche point avec toi, car l'Éternel n'est pas avec Israël, avec tous ces fils d'Éphraïm.

8. Si tu vas avec eux, quand même tu ferais au combat des actes de vaillance, Dieu te fera tomber devant l'ennemi, car Dieu a le pouvoir d'aider et de faire tomber.

9. Amatsia dit à l'homme de Dieu : Et comment agir à l'égard des cents talents que j'ai donnés à la troupe d'Israël ? L'homme de Dieu

répondit : L'Éternel peut te donner bien plus que cela.

10. Alors Amatsia sépara la troupe qui lui était venue d'Éphraïm, afin que ces gens retournassent chez eux. Mais ils furent très irrités contre Juda, et ils s'en allèrent chez eux avec une ardente colère.

11. Amatsia prit courage, et conduisit son peuple. Il alla dans la vallée du sel, et il battit dix mille hommes des fils de Séir.

12. Et les fils de Juda en saisirent dix mille vivants, qu'ils menèrent au sommet d'un rocher, d'où ils les précipitèrent ; et tous furent écrasés.

13. Cependant, les gens de la troupe qu'Amatsia avait renvoyés pour qu'ils n'allassent pas à la guerre avec lui firent une invasion dans les villes de Juda depuis Samarie jusqu'à Beth Horon, y tuèrent trois mille personnes, et enlevèrent de nombreuses dépouilles.

14. Lorsqu'Amatsia fut de retour après la défaite des Édomites, il fit venir les dieux des fils de Séir, et se les établit pour dieux ; il se prosterna devant eux, et leur offrit des parfums.

15. Alors la colère de l'Éternel s'enflamma contre Amatsia, et il envoya vers lui un prophète, qui lui dit : Pourquoi as-tu recherché les dieux de ce peuple, quand ils n'ont pu délivrer leur peuple de ta main ?

16. Comme il parlait, Amatsia lui dit : Est-ce que nous t'avons fait conseiller du roi ? Retire-toi ! Pourquoi veux-tu qu'on te frappe ? Le prophète se retira, en disant : Je sais que Dieu a résolu de te détruire, parce que tu as fait cela et que tu n'as pas écouté mon conseil.

17. Après s'être consulté, Amatsia, roi de Juda, envoya dire à Joas, fils de Joachaz, fils de Jéhu, roi d'Israël : Viens, voyons-nous en face !

18. Et Joas, roi d'Israël, fit dire à Amatsia, roi de Juda : L'épine du Liban envoya dire au cèdre du Liban : Donne ta fille pour femme à mon fils ! Et les bêtes sauvages qui sont au Liban passèrent et foulèrent l'épine.

19. Tu as battu les Édomites, penses-tu, et ton coeur s'élève pour te glorifier. Reste maintenant chez toi. Pourquoi t'engager dans une malheureuse entreprise, qui amènerait ta ruine et celle de Juda ?

20. Mais Amatsia ne l'écouta pas, car Dieu avait résolu de les livrer entre les mains de l'ennemi, parce qu'ils avaient recherché les dieux d'Édom.

21. Et Joas, roi d'Israël, monta ; et ils se virent en face, lui et Amatsia, roi de Juda, à Beth Schémesch, qui est à Juda.

22. Juda fut battu par Israël, et chacun s'enfuit dans sa tente.

23. Joas, roi d'Israël, prit à Beth Schémesch Amatsia, roi de Juda, fils de Joas, fils de Joachaz. Il l'emmena à Jérusalem, et il fit une brèche de quatre cents coudées dans la muraille de Jérusalem, depuis la porte d'Éphraïm jusqu'à la porte de l'angle.

24. Il prit tout l'or et l'argent et tous les vases qui se trouvaient dans la maison de Dieu, chez Obed Édom, et les trésors de la maison du roi ; il prit aussi des otages, et il retourna à Samarie.

25. Amatsia, fils de Joas, roi de Juda, vécut quinze ans après la mort de Joas, fils de Joachaz, roi d'Israël.

26. Le reste des actions d'Amatsia, les premières et les dernières, cela n'est-il pas écrit dans le livre des rois de Juda et d'Israël ?

27. Depuis qu'Amatsia se fut détourné de l'Éternel, il se forma contre lui une conspiration à Jérusalem, et il s'enfuit à Lakis ; mais on le poursuivit à Lakis, où on le fit mourir.

28. On le transporta sur des chevaux, et on l'enterra avec ses pères dans la ville de Juda.

Chroniques II.26

1. Tout le peuple de Juda prit Ozias, âgé de seize ans, et l'établit roi à la place de son père Amatsia.

2. Ozias rebâtit Éloth et la fit rentrer sous la puissance de Juda, après que le roi fut couché avec ses pères.

3. Ozias avait seize ans lorsqu'il devint roi, et il régna cinquante-deux ans à Jérusalem. Sa mère s'appelait Jecolia, de Jérusalem.

4. Il fit ce qui est droit aux yeux de l'Éternel, entièrement comme avait fait Amatsia, son père.

5. Il s'appliqua à rechercher Dieu pendant la vie de Zacharie, qui avait l'intelligence des visions de Dieu ; et dans le temps où il rechercha l'Éternel, Dieu le fit prospérer.

6. Il se mit en guerre contre les Philistins ; et il abattit les murs de Gath, les murs de Jabné, et les murs d'Asdod, et construisit des villes dans le territoire d'Asdod, et parmi les Philistins.

7. Dieu l'aida contre les Philistins, contre les Arabes qui habitaient à Gur Baal, et contre les Maonites.

8. Les Ammonites faisaient des présents à Ozias, et sa renommée s'étendit jusqu'aux frontières de l'Égypte, car il devint très puissant.

9. Ozias bâtit des tours à Jérusalem sur la porte de l'angle, sur la porte de la vallée, et sur l'angle, et il les fortifia.

10. Il bâtit des tours dans le désert, et il creusa beaucoup de citernes, parce qu'il avait de nombreux troupeaux dans les vallées et dans la plaine, et des laboureurs et des vignerons dans les montagnes et au Carmel, car il aimait l'agriculture.

11. Ozias avait une armée de soldats qui allaient à la guerre par

bandes, comptées d'après le dénombrement qu'en firent le secrétaire Jeïel et le commissaire Maaséja, et placées sous les ordres de Hanania, l'un des chefs du roi.

12. Le nombre total des chefs de maisons paternelles, des vaillants guerriers, était de deux mille six cents.

13. Ils commandaient à une armée de trois cent sept mille cinq cents soldats capables de soutenir le roi contre l'ennemi.

14. Ozias leur procura pour toute l'armée des bouclier, des lances, des casques, des cuirasses, des arcs et des frondes.

15. Il fit faire à Jérusalem des machines inventées par un ingénieur, et destinées à être placées sur les tours et sur les angles, pour lancer des flèches et de grosses pierres. Sa renommée s'étendit au loin, car il fut merveilleusement soutenu jusqu'à ce qu'il devînt puissant.

16. Mais lorsqu'il fut puissant, son coeur s'éleva pour le perdre. Il pécha contre l'Éternel, son Dieu : il entra dans le temple de l'Éternel pour brûler des parfums sur l'autel des parfums.

17. Le sacrificateur Azaria entra après lui, avec quatre-vingts sacrificateurs de l'Éternel,

18. hommes courageux, qui s'opposèrent au roi Ozias et lui dirent : Tu n'as pas le droit, Ozias, d'offrir des parfums à l'Éternel ! Ce droit appartient aux sacrificateurs, fils d'Aaron, qui ont été consacrés pour les offrir. Sors du sanctuaire, car tu commets un péché ! Et cela ne tournera pas à ton honneur devant l'Éternel Dieu.

19. La colère s'empara d'Ozias, qui tenait un encensoir à la main. Et comme il s'irritait contre les sacrificateurs, la lèpre éclata sur son front, en présence des sacrificateurs, dans la maison de l'Éternel, près de l'autel des parfums.

20. Le souverain sacrificateur Azaria et tous les sacrificateurs portèrent les regards sur lui, et voici, il avait la lèpre au front. Ils le mirent précipitamment dehors, et lui-même se hâta de sortir, parce que l'Éternel l'avait frappé.

21. Le roi Ozias fut lépreux jusqu'au jour de sa mort, et il demeura dans une maison écartée comme lépreux, car il fut exclu de la maison de l'Éternel. Et Jotham, son fils, était à la tête de la maison du roi et jugeait le peuple du pays.

22. Le reste des actions d'Ozias, les premières et les dernières, a été écrit par Ésaïe, fils d'Amots, le prophète.

23. Ozias se coucha avec ses pères, et on l'enterra avec ses pères dans le champ de la sépulture des rois, car on disait : Il est lépreux. Et Jotham, son fils, régna à sa place.

Chroniques II.27

1. Jotham avait vingt-cinq ans lorsqu'il devint roi, et il régna seize ans à Jérusalem. Sa mère s'appelait Jeruscha, fille de Tsadok.

2. Il fit ce qui est droit aux yeux de l'Éternel, entièrement comme avait fait Ozias, son père. Seulement, il n'entra point dans le temple de l'Éternel. Toutefois, le peuple se corrompait encore.

3. Jotham bâtit la porte supérieure de la maison de l'Éternel, et il fit beaucoup de constructions sur les murs de la colline.

4. Il bâtit des villes dans la montagne de Juda, et des châteaux et des tours dans les bois.

5. Il fut en guerre avec le roi des fils d'Ammon, et il l'emporta sur eux. Les fils d'Ammon lui donnèrent cette année-là cent talents d'argent, dix mille cors de froment, et dix mille d'orge ; et ils lui en payèrent autant la seconde année et la troisième.

6. Jotham devint puissant, parce qu'il affermit ses voies devant l'Éternel, son Dieu.

7. Le reste des actions de Jotham, toutes ses guerres, et tout ce qu'il a fait, cela est écrit dans le livre des rois d'Israël et de Juda.

8. Il avait vingt-cinq ans lorsqu'il devint roi, et il régna seize ans à Jérusalem.

9. Jotham se coucha avec ses pères, et on l'enterra dans la ville de David. Et Achaz, son fils, régna à sa place.

Chroniques II.28

1. Achaz avait vingt ans lorsqu'il devint roi, et il régna seize ans à Jérusalem. Il ne fit point ce qui est droit aux yeux de l'Éternel, comme avait fait David, son père.

2. Il marcha dans les voies des rois d'Israël ; et même il fit des images en fonte pour les Baals,

3. il brûla des parfums dans la vallée des fils de Hinnom, et il fit passer ses fils par le feu, suivant les abominations des nations que l'Éternel avait chassées devant les enfants d'Israël.

4. Il offrait des sacrifices et des parfums sur les hauts lieux, sur les collines et sous tout arbre vert.

5. L'Éternel, son Dieu, le livra entre les mains du roi de Syrie ; et les Syriens le battirent et lui firent un grand nombre de prisonniers, qu'ils emmenèrent à Damas. Il fut aussi livré entre les mains du roi d'Israël, qui lui fit éprouver une grande défaite.

6. Pékach, fils de Remalia, tua dans un seul jour en Juda cent vingt mille hommes, tous vaillants, parce qu'ils avaient abandonné l'Éternel, le Dieu de leurs pères.

7. Zicri, guerrier d'Éphraïm, tua Maaséja, fils du roi, Azrikam, chef de la maison royale, et Elkana, le second après le roi.

8. Les enfants d'Israël firent parmi leurs frères deux cent mille prisonniers, femmes, fils et filles, et ils leur prirent beaucoup de butin, qu'ils emmenèrent à Samarie.

9. Il y avait là un prophète de l'Éternel, nommé Oded. Il alla au-devant de l'armée qui revenait à Samarie, et il leur dit : C'est dans sa colère contre Juda que l'Éternel, le Dieu de vos pères, les a livrés entre vos mains, et vous les avez tués avec une fureur qui est montée

jusqu'aux cieux.

10. Et vous pensez maintenant faire des enfants de Juda et de Jérusalem vos serviteurs et vos servantes ! Mais vous, n'êtes-vous pas coupables envers l'Éternel, votre Dieu ?

11. Écoutez-moi donc, et renvoyez ces captifs que vous avez faits parmi vos frères ; car la colère ardente de l'Éternel est sur vous.

12. Quelques-uns d'entre les chefs des fils d'Éphraïm, Azaria, fils de Jochanan, Bérékia, fils de Meschillémoth, Ézéchias, fils de Schallum, et Amasa, fils de Hadlaï, s'élevèrent contre ceux qui revenaient de l'armée,

13. et leur dirent : Vous ne ferez point entrer ici des captifs ; car, pour nous rendre coupables envers l'Éternel, vous voulez ajouter à nos péchés et à nos fautes. Nous sommes déjà bien coupables, et la colère ardente de l'Éternel est sur Israël.

14. Les soldats abandonnèrent les captifs et le butin devant les chefs et devant toute l'assemblée.

15. Et les hommes dont les noms viennent d'être mentionnés se levèrent et prirent les captifs ; ils employèrent le butin à vêtir tous ceux qui étaient nus, ils leur donnèrent des habits et des chaussures, ils les firent manger et boire, ils les oignirent, ils conduisirent sur des ânes tous ceux qui étaient fatigués, et ils les menèrent à Jéricho, la ville des palmiers, auprès de leurs frères. Puis ils retournèrent à Samarie.

16. En ce temps-là, le roi Achaz envoya demander du secours aux rois d'Assyrie.

17. Les Édomites vinrent encore, battirent Juda, et emmenèrent des captifs.

18. Les Philistins firent une invasion dans les villes de la plaine et du midi de Juda ; ils prirent Beth Schémesch, Ajalon, Guedéroth, Soco et les villes de son ressort, Thimna et les villes de son ressort Guimzo et les villes de son ressort, et ils s'y établirent.

19. Car l'Éternel humilia Juda, à cause d'Achaz, roi d'Israël, qui avait jeté le désordre dans Juda et commis des péchés contre l'Éternel.

20. Tilgath Pilnéser, roi d'Assyrie, vint contre lui, le traita en ennemi,

et ne le soutint pas.

21. Car Achaz dépouilla la maison de l'Éternel, la maison du roi et celle des chefs, pour faire des présents au roi d'Assyrie ; ce qui ne lui fut d'aucun secours.

22. Pendant qu'il était dans la détresse, il continuait à pécher contre l'Éternel, lui, le roi Achaz.

23. Il sacrifia aux dieux de Damas, qui l'avaient frappé, et il dit : Puisque les dieux des rois de Syrie leur viennent en aide, je leur sacrifierai pour qu'ils me secourent. Mais ils furent l'occasion de sa chute et de celle de tout Israël.

24. Achaz rassembla les ustensiles de la maison de Dieu, et il mit en pièces les ustensiles de la maison de Dieu. Il ferma les portes de la maison de l'Éternel, il se fit des autels à tous les coins de Jérusalem,

25. et il établit des hauts lieux dans chacune des villes de Juda pour offrir des parfums à d'autres dieux. Il irrita ainsi l'Éternel, le Dieu de ses pères.

26. Le reste de ses actions et toutes ses voies, les premières et les dernières, cela est écrit dans le livre des rois de Juda et d'Israël.

27. Achaz se coucha avec ses pères, et on l'enterra dans la ville de Jérusalem, car on ne le mit point dans les sépulcres des rois d'Israël. Et Ézéchias, son fils, régna à sa place.

Chroniques II.29

1. Ézéchias devint roi à l'âge de vingt-cinq ans, et il régna vingt-neuf ans à Jérusalem. Sa mère s'appelait Abija, fille de Zacharie.

2. Il fit ce qui est droit aux yeux de l'Éternel, entièrement comme avait fait David, son père.

3. La première année de son règne, au premier mois, il ouvrit les portes de la maison de l'Éternel, et il les répara.

4. Il fit venir les sacrificateurs et les Lévites, qu'il assembla dans la place orientale,

5. et il leur dit : Écoutez-moi, Lévites ! Maintenant sanctifiez-vous, sanctifiez la maison de l'Éternel, le Dieu de vos pères, et mettez ce qui est impur hors du sanctuaire.

6. Car nos pères ont péché, ils ont fait ce qui est mal aux yeux de l'Éternel, notre Dieu, ils l'ont abandonné, ils ont détourné leurs regards du tabernacle de l'Éternel et lui ont tourné le dos.

7. Ils ont même fermé les portes du portique et éteint les lampes, et ils n'ont offert au Dieu d'Israël ni parfums ni holocaustes dans le sanctuaire.

8. Aussi la colère de l'Éternel a été sur Juda et sur Jérusalem, et il les a livrés au trouble, à la désolation et à la moquerie, comme vous le voyez de vos yeux.

9. Et voici, à cause de cela nos pères sont tombés par l'épée, et nos fils, nos filles et nos femmes sont en captivité.

10. J'ai donc l'intention de faire alliance avec l'Éternel, le Dieu d'Israël, pour que son ardente colère se détourne de nous.

11. Maintenant, mes fils, cessez d'être négligents ; car vous avez été

choisis par l'Éternel pour vous tenir à son service devant lui, pour être ses serviteurs, et pour lui offrir des parfums.

12. Et les Lévites se levèrent : Machath, fils d'Amasaï, Joël, fils d'Azaria, des fils des Kehathites ; et des fils des Merarites, Kis, fils d'Abdi, Azaria, fils de Jehalléleel ; et des Guerschonites, Joach, fils de Zimma, Éden, fils de Joach ;

13. et des fils d'Élitsaphan, Schimri et Jeïel ; et des fils d'Asaph, Zacharie et Matthania ;

14. et des fils d'Héman, Jehiel et Schimeï ; et des fils de Jeduthun, Schemaeja et Uzziel.

15. Ils réunirent leurs frères, et, après s'être sanctifiés, ils vinrent pour purifier la maison de l'Éternel, selon l'ordre du roi et d'après les paroles de l'Éternel.

16. Les sacrificateurs entrèrent dans l'intérieur de la maison de l'Éternel pour la purifier ; ils sortirent toutes les impuretés qu'ils trouvèrent dans le temple de l'Éternel et les mirent dans le parvis de la maison de l'Éternel, où les Lévites les reçurent pour les emporter dehors au torrent de Cédron.

17. Ils commencèrent ces purifications le premier jour du premier mois ; le huitième jour du mois, ils entrèrent dans le portique de l'Éternel, et ils mirent huit jours à purifier la maison de l'Éternel ; le seizième jour du premier mois, ils avaient achevé.

18. Ils se rendirent ensuite chez le roi Ézéchias, et dirent : Nous avons purifié toute la maison de l'Éternel, l'autel des holocaustes et tous ses ustensiles, et la table des pains de proposition et tous ses ustensiles.

19. Nous avons remis en état et purifié tous les ustensiles que le roi Achaz avait profanés pendant son règne, lors de ses transgressions : ils sont devant l'autel de l'Éternel.

20. Le roi Ézéchias se leva de bon matin, assembla les chefs de la ville, et monta à la maison de l'Éternel.

21. Ils offrirent sept taureaux, sept béliers, sept agneaux et sept boucs, en sacrifice d'expiation pour le royaume, pour le sanctuaire, et pour Juda. Le roi ordonna aux sacrificateurs, fils d'Aaron, de les offrir sur l'autel de l'Éternel.

22. Les sacrificateurs égorgèrent les boeufs, et reçurent le sang, qu'ils répandirent sur l'autel ; ils égorgèrent les béliers, et répandirent le sang sur l'autel ; ils égorgèrent les agneaux, et répandirent le sang sur l'autel.

23. On amena ensuite les boucs expiatoires devant le roi et devant l'assemblée, qui posèrent leurs mains sur eux.

24. Les sacrificateurs les égorgèrent, et répandirent leur sang au pied de l'autel en expiation pour les péchés de tout Israël ; car c'était pour tout Israël que le roi avait ordonné l'holocauste et le sacrifice d'expiation.

25. Il fit placer les Lévites dans la maison de l'Éternel avec des cymbales, des luths et des harpes, selon l'ordre de David, de Gad le voyant du roi, et de Nathan, le prophète ; car c'était un ordre de l'Éternel, transmis par ses prophètes.

26. Les Lévites prirent place avec les instruments de David, et les sacrificateurs avec les trompettes.

27. Ézéchias ordonna d'offrir l'holocauste sur l'autel ; et au moment où commença l'holocauste, commença aussi le chant de l'Éternel, au son des trompettes et avec accompagnement des instruments de David, roi d'Israël.

28. Toute l'assemblée se prosterna, on chanta le cantique, et l'on sonna des trompettes, le tout jusqu'à ce que l'holocauste fût achevé.

29. Et quand on eut achevé d'offrir l'holocauste, le roi et tous ceux qui étaient avec lui fléchirent le genou et se prosternèrent.

30. Puis le roi Ézéchias et les chefs dirent aux Lévites de célébrer l'Éternel avec les paroles de David et du prophète Asaph ; et ils le célébrèrent avec des transports de joie, et ils s'inclinèrent et se prosternèrent.

31. Ézéchias prit alors la parole, et dit : Maintenant que vous vous êtes consacrés à l'Éternel, approchez-vous, amenez des victimes et offrez en sacrifices d'actions de grâces à la maison de l'Éternel. Et l'assemblée amena des victimes et offrit des sacrifices d'actions de grâces, et tous ceux dont le coeur était bien disposé offrirent des holocaustes.

32. Le nombre des holocaustes offerts par l'assemblée fut de

soixante-dix boeufs, cent béliers, et deux cents agneaux ; toutes ces victimes furent immolées en holocauste à l'Éternel.

33. Et l'on consacra encore six cents boeufs et trois mille brebis.

34. Mais les sacrificateurs étaient en petit nombre, et ils ne purent dépouiller tous les holocaustes ; leurs frères, les Lévites, les aidèrent jusqu'à ce que l'ouvrage fût fini, et jusqu'à ce que les autres sacrificateurs se fussent sanctifiés, car les Lévites avaient eu plus à coeur de se sanctifier que les sacrificateurs.

35. Il y avait d'ailleurs beaucoup d'holocaustes, avec les graisses des sacrifices d'actions de grâces, et avec les libations des holocaustes. Ainsi fut rétabli le service de la maison de l'Éternel.

36. Ézéchias et tout le peuple se réjouirent de ce que Dieu avait bien disposé le peuple, car la chose se fit subitement.

Chroniques II.30

1. Ézéchias envoya des messagers dans tout Israël et Juda, et il écrivit aussi des lettres à Éphraïm et à Manassé, pour qu'ils viennent à la maison de l'Éternel à Jérusalem célébrer la Pâque en l'honneur de l'Éternel, le Dieu d'Israël.

2. Le roi, ses chefs, et toute l'assemblée avaient tenu conseil à Jérusalem, afin que la Pâque fût célébrée au second mois ;

3. car on ne pouvait la faire en son temps, parce que les sacrificateurs ne s'étaient pas sanctifiés en assez grand nombre et que le peuple n'était pas rassemblé à Jérusalem.

4. La chose ayant eu l'approbation du roi et de toute l'assemblée,

5. ils décidèrent de faire une publication dans tout Israël, depuis Beer Schéba jusqu'à Dan, pour que l'on vînt à Jérusalem célébrer la Pâque en l'honneur de l'Éternel, le Dieu d'Israël. Car elle n'était plus célébrée par la multitude comme il est écrit.

6. Les coureurs allèrent avec les lettres du roi et de ses chefs dans tout Israël et Juda. Et, d'après l'ordre du roi, ils dirent : Enfants d'Israël, revenez à l'Éternel, le Dieu d'Abraham, d'Isaac et d'Israël, afin qu'il revienne à vous, reste échappé de la main des rois d'Assyrie.

7. Ne soyez pas comme vos pères et comme vos frères, qui ont péché contre l'Éternel, le Dieu de leurs pères, et qu'il a livrés à la désolation, comme vous le voyez.

8. Ne raidissez donc pas votre cou, comme vos pères ; donnez la main à l'Éternel, venez à son sanctuaire qu'il a sanctifié pour toujours, et servez l'Éternel, votre Dieu, pour que sa colère ardente se détourne de vous.

9. Si vous revenez à l'Éternel, vos frères et vos fils trouveront miséricorde auprès de ceux qui les ont emmenés captifs, et ils reviendront dans ce pays ; car l'Éternel, votre Dieu, est compatissant et miséricordieux, et il ne détournera pas sa face de vous, si vous revenez à lui.

10. Les coureurs allèrent ainsi de ville en ville dans le pays d'Éphraïm et de Manassé, et jusqu'à Zabulon. Mais on se riait et l'on se moquait d'eux.

11. Cependant quelques hommes d'Aser, de Manassé et de Zabulon s'humilièrent et vinrent à Jérusalem.

12. Dans Juda aussi la main de Dieu se déploya pour leur donner un même coeur et leur faire exécuter l'ordre du roi et des chefs, selon la parole de l'Éternel.

13. Un peuple nombreux se réunit à Jérusalem pour célébrer la fête des pains sans levain au second mois : ce fut une immense assemblée.

14. Ils se levèrent, et ils firent disparaître les autels sur lesquels on sacrifiait dans Jérusalem et tous ceux sur lesquels on offrait des parfums, et ils les jetèrent dans le torrent de Cédron.

15. Ils immolèrent ensuite la Pâque le quatorzième jour du second mois. Les sacrificateurs et les Lévites, saisis de confusion, s'étaient sanctifiés, et ils offrirent des holocaustes dans la maison de l'Éternel.

16. Ils occupaient leur place ordinaire, conformément à la loi de Moïse, homme de Dieu, et les sacrificateurs répandaient le sang, qu'ils recevaient de la main des Lévites.

17. Comme il y avait dans l'assemblée beaucoup de gens qui ne s'étaient pas sanctifiés, les Lévites se chargèrent d'immoler les victimes de la Pâque pour tous ceux qui n'étaient pas purs, afin de les consacrer à l'Éternel.

18. Car une grande partie du peuple, beaucoup de ceux d'Éphraïm, de Manassé, d'Issacar et de Zabulon, ne s'étaient pas purifiés, et ils mangèrent la Pâque sans se conformer à ce qui est écrit. Mais Ézéchias pria pour eux, en disant : Veuille l'Éternel, qui est bon,

19. pardonner à tous ceux qui ont appliqué leur coeur à chercher

Dieu, l'Éternel, le Dieu de leurs pères, quoiqu'ils n'aient pas pratiqué la sainte purification !

20. L'Éternel exauça Ézéchias, et il pardonna au peuple.

21. Ainsi les enfants d'Israël qui se trouvèrent à Jérusalem célébrèrent la fête des pains sans levain, pendant sept jours, avec une grande joie ; et chaque jour les Lévites et les sacrificateurs louaient l'Éternel avec les instruments qui retentissaient en son honneur.

22. Ézéchias parla au coeur de tous les Lévites, qui montraient une grande intelligence pour le service de l'Éternel. Ils mangèrent les victimes pendant sept jours, offrant des sacrifices d'actions de grâces, et louant l'Éternel, le Dieu de leurs pères.

23. Toute l'assemblée fut d'avis de célébrer sept autres jours. Et ils célébrèrent joyeusement ces sept jours ;

24. car Ézéchias, roi de Juda, avait donné à l'assemblée mille taureaux et sept mille brebis, et les chefs lui donnèrent mille taureaux et dix mille brebis, et des sacrificateurs en grand nombre s'étaient sanctifiés.

25. Toute l'assemblée de Juda, et les sacrificateurs et les Lévites, et tout le peuple venu d'Israël, et les étrangers venus du pays d'Israël ou établis en Juda, se livrèrent à la joie.

26. Il y eut à Jérusalem de grandes réjouissances ; et depuis le temps de Salomon, fils de David, roi d'Israël, rien de semblable n'avait eu lieu dans Jérusalem.

27. Les sacrificateurs et les Lévites se levèrent et bénirent le peuple ; et leur voix fut entendue, et leur prière parvint jusqu'aux cieux, jusqu'à la sainte demeure de l'Éternel.

Chroniques II.31

1. Lorsque tout cela fut terminé, tous ceux d'Israël qui étaient présents partirent pour les villes de Juda, et ils brisèrent les statues, abattirent les idoles, et renversèrent entièrement les hauts lieux et les autels dans tout Juda et Benjamin et dans Éphraïm et Manassé. Puis tous les enfants d'Israël retournèrent dans leurs villes, chacun dans sa propriété.
2. Ézéchias rétablit les classes des sacrificateurs et des Lévites d'après leurs divisions, chacun selon ses fonctions, sacrificateurs et Lévites, pour les holocaustes et les sacrifices d'actions de grâces, pour le service, pour les chants et les louanges, aux portes du camp de l'Éternel.
3. Le roi donna une portion de ses biens pour les holocaustes, pour les holocaustes du matin et du soir, et pour les holocaustes des sabbats, des nouvelles lunes et des fêtes, comme il est écrit dans la loi de l'Éternel.
4. Et il dit au peuple, aux habitants de Jérusalem, de donner la portion des sacrificateurs et des Lévites, afin qu'ils observassent fidèlement la loi de l'Éternel.
5. Lorsque la chose fut répandue, les enfants d'Israël donnèrent en abondance les prémices du blé, du moût, de l'huile, du miel, et de tous les produits des champs ; ils apportèrent aussi en abondance la dîme de tout.
6. De même, les enfants d'Israël et de Juda qui demeuraient dans les villes de Juda donnèrent la dîme du gros et du menu bétail, et la dîme des choses saintes qui étaient consacrées à l'Éternel, leur Dieu, et dont on fit plusieurs tas.

7. On commença à former les tas au troisième mois, et l'on acheva au septième mois.

8. Ézéchias et les chefs vinrent voir les tas, et ils bénirent l'Éternel et son peuple d'Israël.
9. Et Ézéchias interrogea les sacrificateurs et les Lévites au sujet de ces tas.
10. Alors le souverain sacrificateur Azaria, de la maison de Tsadok, lui répondit : Depuis qu'on a commencé d'apporter les offrandes dans la maison de l'Éternel, nous avons mangé, nous nous sommes rassasiés, et nous en avons beaucoup laissé, car l'Éternel a béni son peuple ; et voici la grande quantité qu'il y a de reste.
11. Ézéchias donna l'ordre de préparer des chambres dans la maison de l'Éternel ; et on les prépara.
12. On y apporta fidèlement les offrandes, la dîme, et les choses saintes. Le Lévite Conania en eut l'intendance, et son frère Schimeï était en second.
13. Jehiel, Azazia, Nachath, Asaël, Jerimoth, Jozabad, Éliel, Jismakia, Machath et Benaja étaient employés sous la direction de Conania et de son frère Schimeï, d'après l'ordre du roi Ézéchias, et d'Azaria, chef de la maison de Dieu.
14. Le Lévite Koré, fils de Jimna, portier de l'orient, avait l'intendance des dons volontaires faits à Dieu, pour distribuer ce qui était présenté à l'Éternel par élévation et les choses très saintes.
15. Dans les villes sacerdotales, Éden, Minjamin, Josué, Schemaeja, Amaria et Schecania étaient placés sous sa direction pour faire fidèlement les distributions à leurs frères, grands et petits, selon leurs divisions :

16. aux mâles enregistrés depuis l'âge de trois ans et au-dessus ; à tous ceux qui entraient journellement dans la maison de l'Éternel pour faire leur service selon leurs fonctions et selon leurs divisions ;
17. aux sacrificateurs enregistrés d'après leurs maisons paternelles, et aux Lévites de vingt ans et au-dessus, selon leurs fonctions et selon leurs divisions ;
18. à ceux de toute l'assemblée enregistrés avec tous leurs petits

enfants, leurs femmes, leurs fils et leurs filles, car ils se consacraient fidèlement au service du sanctuaire.

19. Et pour les fils d'Aaron, les sacrificateurs, qui demeuraient à la campagne dans les banlieues de leurs villes, il y avait dans chaque ville des hommes désignés par leurs noms pour distribuer les portions à tous les mâles des sacrificateurs et à tous les Lévites enregistrés.

20. Voilà ce que fit Ézéchias dans tout Juda ; il fit ce qui est bien, ce qui est droit, ce qui est vrai, devant l'Éternel, son Dieu.

21. Il agit de tout son coeur, et il réussit dans tout ce qu'il entreprit, en recherchant son Dieu, pour le service de la maison de Dieu, pour la loi et pour les commandements.

Chroniques II.32

1. Après ces choses et ces actes de fidélité, parut Sanchérib, roi d'Assyrie, qui pénétra en Juda, et assiégea les villes fortes, dans l'intention de s'en emparer.

2. Ézéchias, voyant que Sanchérib était venu et qu'il se proposait d'attaquer Jérusalem,

3. tint conseil avec ses chefs et ses hommes vaillants, afin de boucher les sources d'eau qui étaient hors de la ville ; et ils furent de son avis.

4. Une foule de gens se rassemblèrent, et ils bouchèrent toutes les sources et le ruisseau qui coule au milieu de la contrée. Pourquoi, disaient-ils, les rois d'Assyrie trouveraient-ils à leur arrivée des eaux en abondance ?

5. Ézéchias prit courage ; il reconstruisit la muraille qui était en ruine et l'éleva jusqu'aux tours, bâtit un autre mur en dehors, fortifia Millo dans la cité de David, et prépara une quantité d'armes et de boucliers.

6. Il donna des chefs militaires au peuple, et les réunit auprès de lui sur la place de la porte de la ville. S'adressant à leur coeur, il dit :

7. Fortifiez-vous et ayez du courage ! Ne craignez point et ne soyez point effrayés devant le roi d'Assyrie et devant toute la multitude qui est avec lui ; car avec nous il y a plus qu'avec lui.

8. Avec lui est un bras de chair, et avec nous l'Éternel, notre Dieu, qui nous aidera et qui combattra pour nous. Le peuple eut confiance dans les paroles d'Ézéchias, roi de Juda.

9. Après cela, Sanchérib, roi d'Assyrie, envoya ses serviteurs à Jérusalem, pendant qu'il était devant Lakis avec toutes ses forces ; il les envoya vers Ézéchias, roi de Juda, et vers tous ceux de Juda qui étaient à Jérusalem, pour leur dire :

10. Ainsi parle Sanchérib, roi d'Assyrie : Sur quoi repose votre confiance, pour que vous restiez à Jérusalem dans la détresse ?

11. Ézéchias ne vous abuse-t-il pas pour vous livrer à la mort par la famine et par la soif, quand il dit : L'Éternel, notre Dieu, nous sauvera de la main du roi d'Assyrie ?

12. N'est-ce pas lui, Ézéchias, qui a fait disparaître les hauts lieux et les autels de l'Éternel, et qui a donné cet ordre à Juda et à Jérusalem : Vous vous prosternerez devant un seul autel, et vous y offrirez les parfums ?

13. Ne savez-vous pas ce que nous avons fait, moi et mes pères, à tous les peuples des autres pays ? Les dieux des nations de ces pays ont-ils pu délivrer leurs pays de ma main ?

14. Parmi tous les dieux de ces nations que mes pères ont exterminées, quel est celui qui a pu délivrer son peuple de ma main, pour que votre Dieu puisse vous délivrer de ma main ?

15. Qu'Ézéchias ne vous séduise donc point et qu'il ne vous abuse point ainsi ; ne vous fiez pas à lui ! Car aucun dieu d'aucune nation ni d'aucun royaume n'a pu délivrer son peuple de ma main et de la main de mes pères : combien moins votre Dieu vous délivrera-t-il de ma main ?

16. Les serviteurs de Sanchérib parlèrent encore contre l'Éternel Dieu, et contre Ézéchias, son serviteur.

17. Et il envoya une lettre insultante pour l'Éternel, le Dieu d'Israël, en s'exprimant ainsi contre lui : De même que les dieux des nations des autres pays n'ont pu délivrer leur peuple de ma main, de même le Dieu d'Ézéchias ne délivrera pas son peuple de ma main.

18. Les serviteurs de Sanchérib crièrent à haute voix en langue judaïque, afin de jeter l'effroi et l'épouvante parmi le peuple de Jérusalem qui était sur la muraille, et de pouvoir ainsi s'emparer de la ville.

19. Ils parlèrent du Dieu de Jérusalem comme des dieux des peuples de la terre, ouvrages de mains d'homme.

20. Le roi Ézéchias et le prophète Ésaïe, fils d'Amots, se mirent à prier à ce sujet, et ils crièrent au ciel.

21. Alors l'Éternel envoya un ange, qui extermina dans le camp du roi d'Assyrie tous les vaillants hommes, les princes et les chefs. Et le roi confus retourna dans son pays. Il entra dans la maison de son dieu, et là ceux qui étaient sortis de ses entrailles le firent tomber par l'épée.

22. Ainsi l'Éternel sauva Ézéchias et les habitants de Jérusalem de la main de Sanchérib, roi d'Assyrie, et de la main de tous, et il les protégea contre ceux qui les entouraient.

23. Beaucoup de gens apportèrent dans Jérusalem des offrandes à l'Éternel, et de riches présents à Ézéchias, roi de Juda, qui depuis lors fut élevé aux yeux de toutes les nations.

24. En ce temps-là, Ézéchias fut malade à la mort. Il fit une prière à l'Éternel ; et l'Éternel lui adressa la parole, et lui accorda un prodige.

25. Mais Ézéchias ne répondit point au bienfait qu'il avait reçu, car son coeur s'éleva ; et la colère de l'Éternel fut sur lui, sur Juda et sur Jérusalem.

26. Alors Ézéchias, du sein de son orgueil, s'humilia avec les habitants de Jérusalem, et la colère de l'Éternel ne vint pas sur eux pendant la vie d'Ézéchias.

27. Ézéchias eut beaucoup de richesses et de gloire. Il se fit des trésors d'argent, d'or, de pierres précieuses, d'aromates, de boucliers et de tous les objets qu'on peut désirer ;

28. des magasins pour les produits en blé, en moût et en huile, des crèches pour toute espèce de bétail, et des étables pour les troupeaux.

29. Il se bâtit des villes, et il eut en abondance des troupeaux de menu et de gros bétail ; car Dieu lui avait donné des biens considérables.

30. Ce fut aussi lui, Ézéchias, qui boucha l'issue supérieure des eaux de Guihon, et les conduisit en bas vers l'occident de la cité de David. Ézéchias réussit dans toutes ses entreprises.

31. Cependant, lorsque les chefs de Babylone envoyèrent des messagers auprès de lui pour s'informer du prodige qui avait eu lieu dans le pays, Dieu l'abandonna pour l'éprouver, afin de connaître tout ce qui était dans son coeur.

32. Le reste des actions d'Ézéchias, et ses oeuvres de piété, cela est

écrit dans la vision du prophète Ésaïe, fils d'Amots, dans le livre des rois de Juda et d'Israël.

33. Ézéchias se coucha avec ses pères, et on l'enterra dans le lieu le plus élevé des sépulcres des fils de David ; tout Juda et les habitants de Jérusalem lui rendirent honneur à sa mort. Et Manassé, son fils, régna à sa place.

Chroniques II.33

1. Manassé avait douze ans lorsqu'il devint roi, et il régna cinquante-cinq ans à Jérusalem.

2. Il fit ce qui est mal aux yeux de l'Éternel, selon les abominations des nations que l'Éternel avait chassées devant les enfants d'Israël.

3. Il rebâtit les hauts lieux qu'Ézéchias, son père, avait renversés ; il éleva des autels aux Baals, il fit des idoles d'Astarté, et il se prosterna devant toute l'armée des cieux et la servit.

4. Il bâtit des autels dans la maison de l'Éternel, quoique l'Éternel eût dit : C'est dans Jérusalem que sera mon nom à perpétuité.

5. Il bâtit des autels à toute l'armée des cieux dans les deux parvis de la maison de l'Éternel.

6. Il fit passer ses fils par le feu dans la vallée des fils de Hinnom ; il observait les nuages et les serpents pour en tirer des pronostics, il s'adonnait à la magie, et il établit des gens qui évoquaient les esprits et qui prédisaient l'avenir. Il fit de plus en plus ce qui est mal aux yeux de l'Éternel, afin de l'irriter.

7. Il plaça l'image taillée de l'idole qu'il avait faite dans la maison de Dieu, de laquelle Dieu avait dit à David et à Salomon, son fils : C'est dans cette maison, et c'est dans Jérusalem que j'ai choisie parmi toutes les tribus d'Israël, que je veux à toujours placer mon nom.

8. Je ne ferai plus sortir Israël du pays que j'ai destiné à vos pères, pourvu seulement qu'ils aient soin de mettre en pratique tout ce que je leur ai commandé, selon toute la loi, les préceptes et les ordonnances prescrits par Moïse.

9. Mais Manassé fut cause que Juda et les habitants de Jérusalem

s'égarèrent et firent le mal plus que les nations que l'Éternel avait détruites devant les enfants d'Israël.

10. L'Éternel parla à Manassé et à son peuple, et ils n'y firent point attention.

11. Alors l'Éternel fit venir contre eux les chefs de l'armée du roi d'Assyrie, qui saisirent Manassé et le mirent dans les fers ; ils le lièrent avec des chaînes d'airain, et le menèrent à Babylone.

12. Lorsqu'il fut dans la détresse, il implora l'Éternel, son Dieu, et il s'humilia profondément devant le Dieu de ses pères.

13. Il lui adressa ses prières ; et l'Éternel, se laissant fléchir, exauça ses supplications, et le ramena à Jérusalem dans son royaume. Et Manassé reconnut que l'Éternel est Dieu.

14. Après cela, il bâtit en dehors de la ville de David, à l'occident, vers Guihon dans la vallée, un mur qui se prolongeait jusqu'à la porte des poissons et dont il entoura la colline, et il s'éleva à une grande hauteur ; il mit aussi des chefs militaires dans toutes les villes fortes de Juda.

15. Il fit disparaître de la maison de l'Éternel les dieux étrangers et l'idole, et il renversa tous les autels qu'il avait bâtis sur la montagne de la maison de l'Éternel et à Jérusalem ; et il les jeta hors de la ville.

16. Il rétablit l'autel de l'Éternel et y offrit des sacrifices d'actions de grâces et de reconnaissance, et il ordonna à Juda de servir l'Éternel, le Dieu d'Israël.

17. Le peuple sacrifiait bien encore sur les hauts lieux, mais seulement à l'Éternel, son Dieu.

18. Le reste des actions de Manassé, sa prière à son Dieu, et les paroles des prophètes qui lui parlèrent au nom de l'Éternel, le Dieu d'Israël, cela est écrit dans les actes des rois d'Israël.

19. Sa prière et la manière dont Dieu l'exauça, ses péchés et ses infidélités, les places où il bâtit des hauts lieux et dressa des idoles et des images taillées avant de s'être humilié, cela est écrit dans le livre de Hozaï.

20. Manassé se coucha avec ses pères, et on l'enterra dans sa maison. Et Amon, son fils, régna à sa place.

21. Amon avait vingt-deux ans lorsqu'il devint roi, et il régna deux

ans à Jérusalem.

22. Il fit ce qui est mal aux yeux de l'Éternel, comme avait fait Manassé, son père ; il sacrifia à toutes les images taillées qu'avait faites Manassé, son père, et il les servit ;

23. et il ne s'humilia pas devant l'Éternel, comme s'était humilié Manassé, son père, car lui, Amon, se rendit de plus en plus coupable.

24. Ses serviteurs conspirèrent contre lui, et le firent mourir dans sa maison.

25. Mais le peuple du pays frappa tous ceux qui avaient conspiré contre le roi Amon ; et le peuple du pays établit roi Josias, son fils, à sa place.

Chroniques II.34

1. Josias avait huit ans lorsqu'il devint roi, et il régna trente et un ans à Jérusalem.

2. Il fit ce qui est droit aux yeux de l'Éternel, et il marcha dans les voies de David, son père ; il ne s'en détourna ni à droite ni à gauche.

3. La huitième année de son règne, comme il était encore jeune, il commença à rechercher le Dieu de David, son père ; et la douzième année, il commença à purifier Juda et Jérusalem des hauts lieux, des idoles, des images taillées et des images en fonte.

4. On renversa devant lui les autels des Baals, et il abattit les statues consacrées au soleil qui étaient dessus ; il brisa les idoles, les images taillées et les images en fonte, et les réduisit en poussière, et il répandit la poussière sur les sépulcres de ceux qui leur avaient sacrifié ;

5. et il brûla les ossements des prêtres sur leurs autels. C'est ainsi qu'il purifia Juda et Jérusalem.

6. Dans les villes de Manassé, d'Éphraïm, de Siméon, et même de Nephthali, partout au milieu de leurs ruines,

7. il renversa les autels, il mit en pièces les idoles et les images taillées et les réduisit en poussière, et il abattit toutes les statues consacrées au soleil dans tout le pays d'Israël. Puis il retourna à Jérusalem.

8. La dix-huitième année de son règne, après qu'il eut purifié le pays et la maison, il envoya Schaphan, fils d'Atsalia, Maaséja, chef de la ville, et Joach, fils de Joachaz, l'archiviste, pour réparer la maison de l'Éternel, son Dieu.

9. Ils se rendirent auprès du souverain sacrificateur Hilkija, et on livra l'argent qui avait été apporté dans la maison de Dieu, et que les Lévites gardiens du seuil avaient recueilli de Manassé et d'Éphraïm et de tout le reste d'Israël, et de tout Juda et Benjamin et des habitants de Jérusalem.

10. On le remit entre les mains de ceux qui étaient chargés de faire exécuter l'ouvrage dans la maison de l'Éternel. Et ils l'employèrent pour ceux qui travaillaient aux réparations de la maison de l'Éternel,

11. pour les charpentiers et les maçons, pour les achats de pierres de taille et de bois destiné aux poutres et à la charpente des bâtiments qu'avaient détruits les rois de Juda.

12. Ces hommes agirent avec probité dans leur travail. Ils étaient placés sous l'inspection de Jachath et Abdias, Lévites d'entre les fils de Merari, et de Zacharie et Meschullam, d'entre les fils des Kehathites ; tous ceux des Lévites qui étaient habiles musiciens surveillaient les manoeuvres

13. et dirigeaient tous les ouvriers occupés aux divers travaux ; il y avait encore d'autres Lévites secrétaires, commissaires et portiers.

14. Au moment où l'on sortit l'argent qui avait été apporté dans la maison de l'Éternel, le sacrificateur Hilkija trouva le livre de la loi de l'Éternel donnée par Moïse.

15. Alors Hilkija prit la parole et dit à Schaphan, le secrétaire : J'ai trouvé le livre de la loi dans la maison de l'Éternel. Et Hilkija donna le livre à Schaphan.

16. Schaphan apporta le livre au roi, et lui rendit aussi compte, en disant : Tes serviteurs ont fait tout ce qui leur a été commandé ;

17. ils ont amassé l'argent qui se trouvait dans la maison de l'Éternel, et l'ont remis entre les mains des inspecteurs et des ouvriers.

18. Schaphan, le secrétaire, dit encore au roi : Le sacrificateur Hilkija m'a donné un livre. Et Schaphan le lut devant le roi.

19. Lorsque le roi entendit les paroles de la loi, il déchira ses vêtements.

20. Et le roi donna cet ordre à Hilkija, à Achikam, fils de Schaphan, à Abdon, fils de Michée, à Schaphan, le secrétaire, et à Asaja, serviteur du roi :

21. Allez, consultez l'Éternel pour moi et pour ce qui reste en Israël et en Juda, au sujet des paroles de ce livre qu'on a trouvé ; car grande est la colère de l'Éternel qui s'est répandue sur nous, parce que nos pères n'ont point observé la parole de l'Éternel et n'ont point mis en pratique tout ce qui est écrit dans ce livre.

22. Hilkija et ceux qu'avait désignés le roi allèrent auprès de la prophétesse Hulda, femme de Schallum, fils de Thokehath, fils de Hasra, gardien des vêtements. Elle habitait à Jérusalem, dans l'autre quartier de la ville. Après qu'ils eurent exprimé ce qu'ils avaient à lui dire,

23. elle leur répondit : Ainsi parle l'Éternel, le Dieu d'Israël : Dites à l'homme qui vous a envoyés vers moi :

24. Ainsi parle l'Éternel : Voici, je vais faire venir des malheurs sur ce lieu et sur ses habitants, toutes les malédictions écrites dans le livre qu'on a lu devant le roi de Juda.

25. Parce qu'ils m'ont abandonné et qu'ils ont offert des parfums à d'autres dieux, afin de m'irriter par tous les ouvrages de leurs mains, ma colère s'est répandue sur ce lieu, et elle ne s'éteindra point.

26. Mais vous direz au roi de Juda qui vous a envoyés pour consulter l'Éternel : Ainsi parle l'Éternel, le Dieu d'Israël, au sujet des paroles que tu as entendues :

27. Parce que ton coeur a été touché, parce que tu t'es humilié devant Dieu en entendant ses paroles contre ce lieu et contre ses habitants, parce que tu t'es humilié devant moi, parce que tu as déchiré tes vêtements et que tu as pleuré devant moi, moi aussi, j'ai entendu, dit l'Éternel.

28. Voici, je te recueillerai auprès de tes pères, tu seras recueilli en paix dans ton sépulcre, et tes yeux ne verront pas tous les malheurs que je ferai venir sur ce lieu et sur ses habitants. Ils rapportèrent au roi cette réponse.

29. Le roi fit assembler tous les anciens de Juda et de Jérusalem.

30. Puis il monta à la maison de l'Éternel avec tous les hommes de Juda et les habitants de Jérusalem, les sacrificateurs et les Lévites, et tout le peuple, depuis le plus grand jusqu'au plus petit. Il lut devant eux toutes les paroles du livre de l'alliance, qu'on avait trouvé dans la

maison de l'Éternel.

31. Le roi se tenait sur son estrade, et il traita alliance devant l'Éternel, s'engageant à suivre l'Éternel, et à observer ses ordonnances, ses préceptes et ses lois, de tout son coeur et de toute son âme, afin de mettre en pratique les paroles de l'alliance écrites dans ce livre.

32. Et il fit entrer dans l'alliance tous ceux qui se trouvaient à Jérusalem et en Benjamin ; et les habitants de Jérusalem agirent selon l'alliance de Dieu, du Dieu de leurs pères.

33. Josias fit disparaître toutes les abominations de tous les pays appartenant aux enfants d'Israël, et il obligea tous ceux qui se trouvaient en Israël à servir l'Éternel, leur Dieu. Pendant toute sa vie, ils ne se détournèrent point de l'Éternel, le Dieu de leurs pères.

Chroniques II.35

1. Josias célébra la Pâque en l'honneur de l'Éternel à Jérusalem, et l'on immola la Pâque le quatorzième jour du premier mois.

2. Il établit les sacrificateurs dans leurs fonctions, et les encouragea au service de la maison de l'Éternel.

3. Il dit aux Lévites qui enseignaient tout Israël et qui étaient consacrés à l'Éternel : Placez l'arche sainte dans la maison qu'a bâtie Salomon, fils de David, roi d'Israël ; vous n'avez plus à la porter sur l'épaule. Servez maintenant l'Éternel, votre Dieu, et son peuple d'Israël.

4. Tenez-vous prêts, selon vos maisons paternelles, selon vos divisions, comme l'ont réglé par écrit David, roi d'Israël, et Salomon, son fils ;

5. occupez vos places dans le sanctuaire, d'après les différentes maisons paternelles de vos frères les fils du peuple, et d'après la classification des maisons paternelles des Lévites.

6. Immolez la Pâque, sanctifiez-vous, et préparez-la pour vos frères, en vous conformant à la parole de l'Éternel prononcée par Moïse.

7. Josias donna aux gens du peuple, à tous ceux qui se trouvaient là, des agneaux et des chevreaux au nombre de trente mille, le tout pour la Pâque, et trois mille boeufs ; cela fut pris sur les biens du roi.

8. Ses chefs firent de bon gré un présent au peuple, aux sacrificateurs et aux Lévites. Hilkija, Zacharie, et Jehiel, princes de la maison de Dieu, donnèrent aux sacrificateurs pour la Pâque deux mille six cents agneaux et trois cents boeufs.

9. Conania, Schemaeja et Nethaneel, ses frères, Haschabia, Jeïel et

Jozabad, chefs des Lévites, donnèrent aux Lévites pour la Pâque cinq mille agneaux et cinq cents boeufs.

10. Le service s'organisa, et les sacrificateurs et les Lévites occupèrent leur place, selon leurs divisions, d'après l'ordre du roi.

11. Ils immolèrent la Pâque ; les sacrificateurs répandirent le sang qu'ils recevaient de la main des Lévites, et les Lévites dépouillèrent les victimes.

12. Ils mirent à part les holocaustes pour les donner aux différentes maisons paternelles des gens du peuple, afin qu'ils les offrissent à l'Éternel, comme il est écrit dans le livre de Moïse ; et de même pour les boeufs.

13. Ils firent cuire la Pâque au feu, selon l'ordonnance, et ils firent cuire les choses saintes dans des chaudières, des chaudrons et des poêles ; et ils s'empressèrent de les distribuer à tout le peuple.

14. Ensuite ils préparèrent ce qui était pour eux et pour les sacrificateurs, car les sacrificateurs, fils d'Aaron, furent occupés jusqu'à la nuit à offrir les holocaustes et les graisses ; c'est pourquoi les Lévites préparèrent pour eux et pour les sacrificateurs, fils d'Aaron.

15. Les chantres, fils d'Asaph, étaient à leur place, selon l'ordre de David, d'Asaph, d'Héman, et de Jeduthun le voyant du roi, et les portiers étaient à chaque porte ; ils n'eurent pas à se détourner de leur office, car leurs frères les Lévites préparèrent ce qui était pour eux.

16. Ainsi fut organisé ce jour-là tout le service de l'Éternel pour faire la Pâque et pour offrir des holocaustes sur l'autel de l'Éternel, d'après l'ordre du roi Josias.

17. Les enfants d'Israël qui se trouvaient là célébrèrent la Pâque en ce temps et la fête des pains sans levain pendant sept jours.

18. Aucune Pâque pareille à celle-là n'avait été célébrée en Israël depuis les jours de Samuel le prophète ; et aucun des rois d'Israël n'avait célébré une Pâque pareille à celle que célébrèrent Josias, les sacrificateurs et les Lévites, tout Juda et Israël qui s'y trouvaient, et les habitants de Jérusalem.

19. Ce fut la dix-huitième année du règne de Josias que cette Pâque fut célébrée.

20. Après tout cela, après que Josias eut réparé la maison de l'Éternel, Néco, roi d'Égypte, monta pour combattre à Carkemisch sur l'Euphrate. Josias marcha à sa rencontre ;

21. et Néco lui envoya des messagers pour dire : Qu'y a-t-il entre moi et toi, roi de Juda ? Ce n'est pas contre toi que je viens aujourd'hui ; c'est contre une maison avec laquelle je suis en guerre. Et Dieu m'a dit de me hâter. Ne t'oppose pas à Dieu, qui est avec moi, de peur qu'il ne te détruise.

22. Mais Josias ne se détourna point de lui, et il se déguisa pour l'attaquer, sans écouter les paroles de Néco, qui venaient de la bouche de Dieu. Il s'avança pour combattre dans la vallée de Meguiddo.

23. Les archers tirèrent sur le roi Josias, et le roi dit à ses serviteurs : Emportez-moi, car je suis gravement blessé.

24. Ses serviteurs l'emportèrent du char, le mirent dans un second char qui était à lui, et l'amenèrent à Jérusalem. Il mourut, et fut enterré dans le sépulcre de ses pères. Tout Juda et Jérusalem pleurèrent Josias.

25. Jérémie fit une complainte sur Josias ; tous les chanteurs et toutes les chanteuses ont parlé de Josias dans leurs complaintes jusqu'à ce jour, et en ont établi la coutume en Israël. Ces chants sont écrits dans les Complaintes.

26. Le reste des actions de Josias, et ses oeuvres de piété, telles que les prescrit la loi de l'Éternel,

27. ses premières et ses dernières actions, cela est écrit dans le livre des rois d'Israël et de Juda.

Chroniques II.36

1. Le peuple du pays prit Joachaz, fils de Josias, et l'établit roi à la place de son père à Jérusalem.

2. Joachaz avait vingt-trois ans lorsqu'il devint roi, et il régna trois mois à Jérusalem.

3. Le roi d'Égypte le destitua à Jérusalem, et frappa le pays d'une contribution de cent talents d'argent et d'un talent d'or.

4. Et le roi d'Égypte établit roi sur Juda et sur Jérusalem Éliakim, frère de Joachaz ; et il changea son nom en celui de Jojakim. Néco prit son frère Joachaz, et l'emmena en Égypte.

5. Jojakim avait vingt-cinq ans lorsqu'il devint roi, et il régna onze ans à Jérusalem.

6. Nebucadnetsar, roi de Babylone, monta contre lui, et le lia avec des chaînes d'airain pour le conduire à Babylone.

7. Nebucadnetsar emporta à Babylone des ustensiles de la maison de l'Éternel, et il les mit dans son palais à Babylone.

8. Le reste des actions de Jojakim, les abominations qu'il commit, et ce qui se trouvait en lui, cela est écrit dans le livre des rois d'Israël et de Juda. Et Jojakin, son fils, régna à sa place.

9. Jojakin avait huit ans lorsqu'il devint roi, et il régna trois mois et dix jours à Jérusalem. Il fit ce qui est mal aux yeux de l'Éternel.

10. L'année suivante, le roi Nebucadnetsar le fit emmener à Babylone avec les ustensiles précieux de la maison de l'Éternel. Et il établit roi sur Juda et sur Jérusalem Sédécias, frère de Jojakin.

11. Sédécias avait vingt et un ans lorsqu'il devint roi, et il régna onze ans à Jérusalem.

12. Il fit ce qui est mal aux yeux de l'Éternel, son Dieu ; et il ne s'humilia point devant Jérémie, le prophète, qui lui parlait de la part de l'Éternel.

13. Il se révolta même contre le roi Nebucadnetsar, qui l'avait fait jurer par le nom de Dieu ; et il raidit son cou et endurcit son coeur, au point de ne pas retourner à l'Éternel, le Dieu d'Israël.

14. Tous les chefs des sacrificateurs et le peuple multiplièrent aussi les transgressions, selon toutes les abominations des nations ; et ils profanèrent la maison de l'Éternel, qu'il avait sanctifiée à Jérusalem.

15. L'Éternel, le Dieu de leurs pères, donna de bonne heure à ses envoyés la mission de les avertir, car il voulait épargner son peuple et sa propre demeure.

16. Mais ils se moquèrent des envoyés de Dieu, ils méprisèrent ses paroles, et ils se raillèrent de ses prophètes, jusqu'à ce que la colère de l'Éternel contre son peuple devînt sans remède.

17. Alors l'Éternel fit monter contre eux le roi des Chaldéens, et tua par l'épée leurs jeunes gens dans la maison de leur sanctuaire ; il n'épargna ni le jeune homme, ni la jeune fille, ni le vieillard, ni l'homme aux cheveux blancs, il livra tout entre ses mains.

18. Nebucadnetsar emporta à Babylone tous les ustensiles de la maison de Dieu, grands et petits, les trésors de la maison de l'Éternel, et les trésors du roi et de ses chefs.

19. Ils brûlèrent la maison de Dieu, ils démolirent les murailles de Jérusalem, ils livrèrent au feu tous ses palais et détruisirent tous les objets précieux.

20. Nebucadnetsar emmena captifs à Babylone ceux qui échappèrent à l'épée ; et ils lui furent assujettis, à lui et à ses fils, jusqu'à la domination du royaume de Perse,

21. afin que s'accomplît la parole de l'Éternel prononcée par la bouche de Jérémie ; jusqu'à ce que le pays eût joui de ses sabbats, il se reposa tout le temps qu'il fut dévasté, jusqu'à l'accomplissement de soixante-dix ans.

22. La première année de Cyrus, roi de Perse, afin que s'accomplît la parole de l'Éternel prononcée par la bouche de Jérémie, l'Éternel réveilla l'esprit de Cyrus, roi de Perse, qui fit faire de vive voix et par

écrit cette publication dans tout son royaume :
23. Ainsi parle Cyrus, roi de Perse : L'Éternel, le Dieu des cieux, m'a donné tous les royaumes de la terre, et il m'a commandé de lui bâtir une maison à Jérusalem en Juda. Qui d'entre vous est de son peuple ? Que l'Éternel, son Dieu, soit avec lui, et qu'il monte !